Français

242 citations pour gagner des points au bac

Direction éditoriale : Stéphane Chabenat
Édition : Charlotte Fontanella et Aurélie Le Guyader
Mise en pages : Isabelle Glomaud
Conception de la couverture : olo.éditions

l'Etudiant éditions est édité par
Les éditions de **l'Opportun**
16, rue Dupetit-Thouars
75003 Paris

www.editionsopportun.com

Français
242 citations pour gagner des points au bac

Nathalie Blaise

Ouvrage dirigé par Fanny Reiss

l'Etudiant
ÉDITIONS

Sommaire

Avant-propos

Le guide que vous tenez entre vos mains est un outil pratique pour votre travail destiné au baccalauréat. Il traite d'une question importante : celle des citations à utiliser dans vos copies. Dans une version précédente de ce livre, Benoit Falaize, professeur d'histoire, expliquait en détail comment les utiliser. Nous avons fait le choix de maintenir cette introduction, avec son accord, afin de pouvoir vous orienter au mieux.

À défaut d'utiliser les citations, dans le cas où vous avez du mal à les retenir, et si vous craignez de ne pas vous en souvenir le jour J, ce livre est aussi un très bel outil de travail. Tenant compte des modifications de programmes, il est directement en prise avec votre travail de révision. L'avoir sur soi partout, en week-end, dans les transports, le soir près de son lit, c'est pouvoir, de façon agréable et souple, se remettre les cours en mémoire. Car les citations constituent aussi des éléments de culture générale et de réflexion. Elles donnent matière à penser, à se souvenir et à comprendre.

Bonne lecture et bonne chance !

Fanny Reiss

L'ART DE LA CITATION

L'art de citer, c'est l'art de rapporter des propos d'auteurs, souvent sous la forme d'une formule, d'une phrase assez courte ou dense qui, simplement et efficacement reliée au corps de votre copie, peut être très fructueuse et **prouver que l'on ne pense jamais seul.** Car si notre pensée peut être très originale, c'est aussi parce que d'autres ont pensé avant nous : « De quelque mot profond, tout homme est le disciple », dit Victor Hugo. Certes, « citer les pensées des autres, c'est regretter de ne pas les avoir trouvées soi-même » (Sacha Guitry), mais c'est aussi être capable de mettre en valeur ses lectures, sa culture et son esprit d'à-propos, en français comme dans toutes les autres disciplines.

Rendre une copie composée uniquement de citations, ce n'est évidemment pas ce que vous devrez faire le jour du devoir sur table du baccalauréat. Le correcteur n'attend pas de vous un assemblage de paroles, même géniales. **Les citations qui peuvent rapporter des points en plus doivent venir servir votre propre texte.** Ne vous en privez pas, mais toujours avec modération et prudence. Trouver la bonne phrase d'auteur, à la fois juste et originale, c'est certainement donner un plus à votre copie et éventuellement gagner des points. Mais à condition d'avoir toujours à l'esprit, comme une règle fondamentale, qu'**il vaut mieux ne pas citer du tout plutôt que de donner une fausse citation ou une citation mal adaptée au sujet.** De la même façon, il ne faut pas citer sans connaître le contexte.

En ce sens, ce livre doit être considéré comme un aide-mémoire, et non comme une liste à apprendre par cœur et à utiliser telle quelle. La sagesse s'impose ici. Quelques règles donc.

Pourquoi mettre une citation dans une copie ?

Le correcteur peut attendre une citation qui viendra étayer votre argumentation. Elle constitue alors une illustration utile à votre démonstration. Citer un auteur, c'est, par ailleurs, se distinguer des autres, faire valoir ce que l'on a lu, ce que l'on a compris, parfois au-delà du cours dispensé en classe par le professeur. Cela permet, bien sûr, de se différencier des autres candidats, mais surtout d'entrer sur le même terrain que les correcteurs, en montrant votre capacité à utiliser et à mobiliser dans le « stock » intellectuel de la discipline et dans la culture littéraire ce qui sera utile à l'embellissement de votre copie. C'est quelquefois la seule vraie richesse d'un devoir, ce que Socrate n'aurait pas contredit : « Un trésor de belles maximes est préférable à un amas de richesses. »

Ne vous y trompez pas : la bonne citation, originale et valorisante, est celle qui surprendra positivement votre correcteur, celle qu'il aurait voulu ou pu trouver lui-même, celle à laquelle – rêvons un peu – il n'avait pas forcément pensé… Il reconnaîtra votre qualité à citer s'il sent que vous le faites à bon escient, c'est-à-dire avec clairvoyance, rigueur et à-propos. Il verra en vous quelqu'un qui a compris sa discipline. Citer un auteur est à la fois un « clin d'œil », mais aussi une façon d'entrer en dialogue avec les auteurs. Les mettre ainsi en scène dans la copie montre que leur œuvre continue à vivre par-delà le temps, que la littérature a encore aujourd'hui quelque chose à nous faire entendre et comment elle peut vivre au présent.

Commencer par une citation ? Oui, mais...

Commencer un devoir, une copie d'examen par une citation qui dit tout ou presque du sujet, c'est l'une des premières manières de faire. Les avantages sont nombreux : la citation bien choisie ouvre avec intelligence un sujet complexe, elle sert ainsi à présenter le problème ou tout simplement à introduire la suite. Ici, il est important de trouver une phrase forte, qui pose d'emblée la problématique. Par ailleurs, le jury ou le correcteur voit non seulement que vous avez compris le sujet, mais aussi que vous avez préparé votre examen au point d'avoir, pour chaque sujet, une citation prête. Attention, cet avantage peut se retourner contre vous si votre lecteur juge mal le fait que vous ayez justement, un peu artificiellement, une citation d'ouverture pour chaque sujet proposé... La citation en début de copie n'est pas le tout du devoir. C'est une accroche, un moyen de montrer votre compréhension du sujet, mais en aucun cas la certitude d'être dans le vrai. Tout va dépendre de ce qui suit.

Car une bonne citation est une citation vivante.

Règle de base : il faut l'avoir comprise pour l'utiliser. Cela peut paraître évident, mais il est fréquent que des copies de français comprennent deux ou trois citations dont une (voire deux ou toutes, mais c'est plus rare) est utilisée à contre-emploi. Si l'on ne maîtrise pas la phrase que l'on a pris la peine d'apprendre, le contresens n'est jamais loin.

Ne pas se tromper en citant !

« Quiconque nous cite de mémoire est un saboteur qu'il faudrait traduire en justice. Une citation estropiée équivaut à une trahison, une injure, un préjudice d'autant plus grave qu'on a voulu nous rendre service. » Qui n'a jamais cité un auteur, un personnage historique ne peut comprendre à quel point cette phrase de l'écrivain Cioran est une magnifique invitation à réfléchir à la manière de citer des auteurs, des hommes et des femmes publics ou historiques. Car cette formule doit être prise au sérieux. Le fait de citer de mémoire suppose d'abord une mémoire fiable. Il faut pour cela apprendre ces phrases par cœur, sans faille. Un mot en trop, une négation mal placée, un verbe différent, un adjectif qualificatif erroné peuvent produire un véritable contresens. Vous risquez de mentionner une citation tronquée, incomplète ou fausse, dans le sens comme dans le raisonnement. De devenir un « saboteur » pour Cioran, ou pire, de trahir la pensée de l'auteur, de l'« injurier » après sa mort sans qu'il puisse se défendre, ou encore de lui porter préjudice… Et, bien sûr, de perdre des points sur votre devoir !

Écrire fièrement que Victor Hugo a dit, dans les *Contemplations*, « Moi, je préfère, ô fontaines ! Moi, je préfère, ô oiseaux ! » au lieu de « Moi, je préfère, ô ruisseaux » pour le second vers, dans un devoir sur la poétique de Hugo, par exemple, c'est changer le sens de la phrase. Ce n'est pas pour autant totalement absurde, d'autant que le mot « oiseaux » arrive plus tard, mais même en développant intelligemment et logiquement l'argumentation, il n'en restera pas moins que Hugo place les ruisseaux à cet endroit à dessein. De la même manière, transformer la phrase de Jules Verne dans *Voyage au centre de la Terre*, « Quand la science a prononcé, il n'y a plus qu'à se taire » en « Quand la science l'ordonne, il n'y a plus qu'à se taire » contredit non seulement formellement la vraie référence à Jules Verne, mais, de plus, prouve que vous n'avez pas compris précisément le statut que Jules Verne donne à la science dans son roman.

La citation sans l'auteur...

Parfois, il arrive que l'on se souvienne d'une phrase *in extenso*, mais plus de son auteur. Stress de l'examen, confusion avec d'autres citations... Trois options se présentent alors :

> **Soit vous utilisez une formule vague, approximative telle que :** « Comme le disait cet auteur de l'Antiquité... », ou encore : « Un écrivain contemporain de la révolution française faisait remarquer que... » Vous êtes alors assuré de faire mauvais effet.

> **Soit vous risquez de vous tromper, mais c'est quitte ou double.** Évidemment, vous pourriez bien écrire une phrase du genre : « Voltaire n'aurait pas renié cette idée selon laquelle... » Formellement, vous ne dites pas que c'est une citation de Voltaire, en même temps vous laissez entendre (au cas où) que cela puisse être lui, sans avouer que vous n'en savez plus rien... Mais vous sentez vite que c'est vraiment tiré par les cheveux. Non, vraiment, c'est risqué.

> **Soit vous vous abstenez de citer.** C'est la solution la plus sûre. Bien sûr, vous regretterez de n'avoir pu placer votre citation, mais dans une copie, on regrette toujours quelque chose. Ce sera de toute façon préférable à une grosse erreur qui vous aurait décrédibilisé aux yeux du correcteur.

La phrase du dernier venu...

Un autre risque consiste à citer un auteur mal vu par le correcteur : préférez ceux dont vous savez l'importance dans les lettres, la pensée ou l'histoire. Sinon, sachez utiliser les outsiders en mesurant ce que cela implique.

Dans un devoir sur l'amour dans la littérature, si vous mentionnez la dernière interview d'un joueur du FC Barcelone par exemple, cela ne vous vaudra pas que des amis parmi le jury. Sauf à faire un développement hautement subtil qui montrerait votre ironie (sans jamais être méprisant), voire votre distance amusée, et à condition que la phrase soit en rapport avec votre développement. Mieux vaut donc éviter les auteurs qui ne font pas consensus ou sont décalés par rapport à l'objet de votre copie.

Le choix de l'auteur est aussi important que le choix de la phrase. Il n'est pas rare de voir dans les copies d'examens des citations de revues ou de journaux : « Comme l'annonçait *Le Magazine littéraire*... », ou « Comme le laissait entendre au sujet de l'art de la citation le magazine *L'Etudiant*... » C'est *L'Aurore* qui publie « J'accuse » au moment de l'affaire Dreyfus, mais c'est Émile Zola qui l'écrit.

La précision est importante. À chaque propos son auteur. Si, en revanche, le propos est anonyme (cela arrive), alors vous pourrez dire : « Comme le dit le proverbe... » ou « Comme il est d'usage de dire... ». De manière générale, évitez de rester vague.

Comment intégrer la citation ?

C'est une question essentielle. Il est très important de ne pas donner l'impression d'une citation plaquée dans la copie « comme un cheveu sur la soupe » (expression utilisée fréquemment par vos professeurs au sujet de la citation). Pourquoi ? Parce qu'une citation qui n'est pas reliée au texte, en amont comme en aval, est déconnectée de son propos. N'hésitez pas à utiliser les connexions linguistiques logiques telles que « D'après Verlaine… » ou « De la même manière, pour Stendhal… » ou encore « C'est ce que résume d'une formule Mallarmé quand il dit que… ». Bref, toutes les phrases d'introduction ou de conclusion qui montrent que vous intégrez la citation au contexte global de votre devoir sont bienvenues. Certes, parfois, la citation seule peut suffire. Débuter ou conclure un texte par cette phrase : « Je me cite souvent, cela apporte du piment à ma conversation » (George Bernard Shaw) vous évite parfois d'en rajouter…

Toute citation doit pouvoir être analysée et expliquée. En reliant chacune à votre propre écriture, vous éviterez aussi de tomber dans la paraphrase de l'auteur que vous citez : « Demain, dès l'aube, à l'heure où blanchit la campagne, je partirai… » La paraphrase consisterait ici à dire que Victor Hugo est parti un matin à l'aube, et que la campagne était encore pleine de givre parce que la nuit il a fait froid… Au contraire, insérée dans le devoir, voilà une phrase qui, exception à la règle, ne mérite pas nécessairement d'être décortiquée de cette manière, mais évaluée à l'aune de l'écriture poétique de l'auteur. Celle-ci est devenue en elle-même un patrimoine littéraire. Elle dit le lyrisme du poète et la confidence douloureuse. Parfois, le commentaire est de trop. Il faut aussi savoir s'effacer devant une citation.

Un détail d'écriture a également son importance : les guillemets. Si les phrases citées sont intégrées au texte, elles doivent être immédiatement identifiables par le lecteur (qui est aussi celui qui note). Cette ponctuation est obligatoire, car si vous n'en mettez pas, on peut ne pas voir la citation ou, pire encore, on peut penser que vous vous attribuez une formule qui n'est pas vôtre. Mais n'utilisez pas de parenthèses : la citation doit rester dans le texte.

Terminer un devoir par une citation

À condition que la citation ne soit pas convenue, c'est-à-dire trop attendue par le correcteur, cette solution est toujours payante. C'est souvent le plus difficile, car le lecteur attend une phrase qui accompagne ou qui explique votre citation. Placée en toute fin de devoir, la phrase ou la formule rapportée peut tomber à plat. Mieux vaut transiger et introduire la conclusion par une citation. Voilà qui a de l'allure, parce que vous résumez d'une phrase votre conclusion, mais aussi tout votre travail.

Du bon usage de la citation dans une copie de français

Même s'il y a des règles communes à toutes les disciplines scolaires, chacune d'elles a ses propres usages d'écriture et d'argumentation, et les citations ne peuvent s'intégrer à la copie qu'en les respectant. Dans les devoirs de français, la citation est déterminante : c'est à travers elle que les correcteurs apprécieront votre culture du sujet. Alors, lisez-les, certaines pour les retenir bien sûr, c'est l'objectif, mais aussi pour aborder les révisions du baccalauréat d'une autre manière : avec des propos de penseurs, d'hommes et de femmes de l'époque qui, par une formule, peuvent vous faire avancer dans vos révisions et dans la compréhension fine du thème que vous êtes en train de travailler.

Pour conclure

Inutile peut-être de terminer cette présentation par le conseil de ne pas inventer vous-même de citation ? Pour certains, c'est peut-être tentant. Si la tentation vous vient de placer une formule dans la bouche d'un personnage célèbre, assumez-la vous-même. Ce sera toujours préférable. Au mieux, on saluera votre sens de la formule ; au pire, on ne se dira pas que vous avez attribué à untel ou unetelle une parole aussi inepte…

Pour se distinguer aux yeux des correcteurs, l'art de la citation relève de la distinction tout court. Une copie bien tournée a ses codes. Ne cherchez pas à citer à tout prix pour montrer votre culture, au risque de vouloir trop en faire et de ne pas tout maîtriser. Une, deux ou trois citations suffisent selon les sujets. Vous perdriez du temps sur ce qui est le cœur de votre copie : votre propre réflexion, votre propre démarche, et le travail que vous avez déjà effectué tout au long de l'année et des années précédentes. La citation sera un plus appréciable, mais ne compensera jamais une copie mal rédigée ou mal organisée. Car, avant la citation, c'est votre capacité à ordonner vos idées et votre intelligence qui feront la différence.

Alors, profitez de ce livre en prenant le temps, en vous attardant et en dégustant ces citations. C'est une autre manière de réviser ce que l'auteur a réuni ici. Une autre manière de rentrer dans les sujets du bac, propre à nourrir votre réflexion, votre intelligence des sujets et votre mémoire.

Bonne lecture !

Benoit Falaize,
agrégé d'histoire

S'AIDER DES CITATIONS POUR RÉUSSIR SON BAC DE FRANÇAIS

Présentation de la discipline « français »

Le français est une discipline qui accompagne l'ensemble d'un cursus scolaire. Présent dès la maternelle à travers l'apprentissage de l'écriture et la lecture d'histoires, il se poursuit et se développe ensuite avec la fréquentation du patrimoine littéraire, la compétence orale exercée avec la récitation ou l'exposé par exemple, l'acquisition de compétences linguistiques – la grammaire, le vocabulaire, l'orthographe, la conjugaison –, ainsi que l'éducation progressive à l'argumentation et la construction de raisonnements organisés et valides. L'analyse d'image, la construction d'une culture générale et d'un esprit critique font également partie de son champ d'activité.

Les attendus de la discipline

Les grands objectifs du français au lycée reprennent les trois fondamentaux :

ÉCRIRE – PARLER – LIRE

Il s'agit donc de mettre en œuvre et d'approfondir des compétences langagières en travaillant la connaissance grammaticale et lexicale de la langue.

Sont évaluées les compétences fondamentales de compréhension, expression, réflexion, interprétation et argumentation, que l'élève aura exercées à l'aide de l'histoire littéraire (qui donne des repères historiques et culturels), d'une appropriation personnelle des œuvres et d'un entraînement régulier.

La pratique de la parole s'entretient et se consolide par des exercices de lecture expressive, d'oral en réception (compréhension orale) et d'oral en production (soit continu – parler tout seul lors d'un exposé par exemple –, soit interactif – en entrant dans un dialogue ou un débat).

La lecture se fait au travers d'œuvres intégrales (quatre dans l'année) étudiées en cours sous forme d'analyse linéaire, au travers de textes complémentaires associés au parcours qui permettent de prolonger et d'éclairer l'œuvre principale, et au travers de lectures cursives (c'est-à-dire libres) d'ouvrages proposés par le professeur.

De plus, l'année de Première (et celle de Seconde avant elle) permet de construire une culture littéraire commune, de développer une sensibilité et un esprit critique.

Le programme est renouvelé en partie chaque année.

Le programme

Les objets d'études proposés au programme, et leurs modalités d'exécution, varient en fonction de la série choisie – générale ou technologique.

Les tableaux suivants récapitulent le programme officiel de points de grammaire et d'œuvres.

Les points de grammaire (pour toutes les séries)

> L'expression de la négation.
> Les subordonnées conjonctives utilisées en fonction de compléments circonstanciels.
> L'interrogation : syntaxe, sémantique et pragmatique.

Les objets d'étude en série générale

Thèmes	Œuvres **(1 œuvre au choix du professeur parmi les 3 proposées) + parcours associé**
POÉSIE **Du XIXe siècle au XXIe siècle** > 3 lectures linéaires d'extraits de l'œuvre > 2 lectures linéaires au choix liées au parcours > Lecture(s) cursive(s)	> Victor HUGO, *Les Contemplations* (livres I à IV) – « Les Mémoires d'une âme » > Charles BAUDELAIRE, *Les Fleurs du Mal* – « Alchimie poétique : la boue et l'or » > Guillaume APOLLINAIRE, *Alcools* – « Modernité poétique ? »
LITTÉRATURE D'IDÉES **Du XVIe siècle au XVIIIe siècle** > 3 lectures linéaires d'extraits de l'œuvre > 2 lectures linéaires au choix liées au parcours > Lecture(s) cursive(s)	> MONTAIGNE, *Des Cannibales* (I, 31) et *Des Coches* (III, 6) – « Notre monde vient d'en trouver un autre » > Jean de LA FONTAINE, *Fables* (livres VII à XI) – « Imagination et pensée au XVIIe siècle » > MONTESQUIEU, *Lettres persanes* « Le regard éloigné »
ROMAN ET RÉCIT **Du Moyen Âge au XXIe siècle** > 3 lectures linéaires d'extraits de l'œuvre > 2 lectures linéaires au choix liées au parcours > Lecture(s) cursive(s)	> Madame de LAFAYETTE, *La Princesse de Clèves* – « Individu, morale et société » > STENDHAL, *Le Rouge et le Noir* – « Le personnage de roman, esthétiques et valeurs » > Marguerite YOURCENAR, *Mémoires d'Hadrien* – « Soi-même comme un autre »
THÉÂTRE **Du XVIIe siècle au XXIe siècle** > 3 lectures linéaires d'extraits de l'œuvre > 2 lectures linéaires au choix liées au parcours > Lecture(s) cursive(s)	> MOLIÈRE, *Le Malade imaginaire* – « Spectacle et comédie » > MARIVAUX, *Les Fausses Confidences* – « Théâtre et stratagème » > Jean-Luc LAGARCE, *Juste la fin du monde* – « Crise personnelle, crise familiale »

Les objets d'étude en série technologique

Thèmes	Œuvres (1 œuvre au choix du professeur parmi les 3 proposées) + parcours associé
POÉSIE **Du XIXe siècle au XXIe siècle** > 2 lectures linéaires d'extraits de l'œuvre > 1 lecture linéaire au choix liée au parcours > Lecture(s) cursive(s)	> Victor HUGO, *Les Contemplations* (livres I à IV) – « Les Mémoires d'une âme » > Charles BAUDELAIRE, *Les Fleurs du Mal* – « Alchimie poétique : la boue et l'or » > Guillaume APOLLINAIRE, *Alcools* – « Modernité poétique ? »
LITTÉRATURE D'IDÉES **Du XVIe siècle au XVIIIe siècle** > 2 lectures linéaires d'extraits de l'œuvre > 1 lecture linéaire au choix liée au parcours > Lecture(s) cursive(s)	> MONTAIGNE, *Des Cannibales* (I, 31) – « Notre monde vient d'en trouver un autre » > Jean de LA FONTAINE, *Fables* (livres VII à XI) – « Imagination et pensée au XVIIe siècle » > VOLTAIRE, *L'Ingénu* – « Voltaire, esprit des Lumières »
ROMAN ET RÉCIT **Du Moyen Âge au XXIe siècle** > 2 lectures linéaires d'extraits de l'œuvre > 1 lecture linéaire au choix liée au parcours > Lecture(s) cursive(s)	> Madame de LAFAYETTE, *La Princesse de Clèves* – « Individu, morale et société » > Jules VERNE, *Voyage au centre de la Terre* – « Science et fiction » > Nathalie SARRAUTE, *Enfance* – « Récit et connaissance de soi »
THÉÂTRE **Du XVIIe siècle au XXIe siècle** > 2 lectures linéaires d'extraits de l'œuvre > 1 lecture linéaire au choix liée au parcours > Lecture(s) cursive(s)	> MOLIÈRE, *Le Malade imaginaire* – « Spectacle et comédie » > MARIVAUX *L'Île des esclaves* - « Maîtres et valets » > Jean-Luc LAGARCE, *Juste la fin du monde* – « Crise personnelle, crise familiale »

Les épreuves d'examen (l'EAF)

L'EAF distingue les séries générales et les séries technologiques dont les épreuves sont, au moins pour l'écrit, très différentes.

Le coefficient total est le même pour toutes les séries : 5 à l'écrit et 5 à l'oral, soit 10 % du baccalauréat.

Voici un descriptif des épreuves écrites et orales.

Écrit

La durée de l'épreuve écrite est de 4 heures et notée sur 20 points.

> En série générale, l'élève a le choix entre le commentaire d'un texte littéraire ou une dissertation sur l'une des œuvres au programme (dont le sujet est une citation, un avis critique ou une question).

> En série technologique, les élèves travaillent un commentaire ou un ensemble contraction-essai.

Pour les deux séries, les commentaires portent sur des textes autres que ceux vus en cours.

Le commentaire de texte littéraire porte sur un texte non étudié mais en rapport avec l'un des objets d'étude au programme (sauf « Littérature d'idées » en série technologique). Il s'agit de proposer une lecture analysée et personnelle du texte. En série technologique, les axes de lecture sont proposés dans le sujet.

La dissertation porte sur un objet d'étude et une œuvre du programme : il y aura donc trois sujets, vous choisissez celui qui porte sur l'œuvre et le parcours que vous aurez étudiés en classe.

La contraction-essai consiste à réduire un texte argumentatif au quart (on vous indique le nombre de mots) en respectant l'énonciation, l'ordre et les idées du texte, puis à composer un essai organisé à partir d'une question issue du thème du texte initial.

Oral

Le passage est de 20 minutes (préparation préalable : 30 minutes) avec un descriptif qui récapitule le travail de l'année. Il se découpe en deux temps :

> 12 minutes (12 points) : lecture (2 points) + explication linéaire + question de grammaire sur un des textes du dossier.
> 8 minutes (8 points) : l'élève choisit l'œuvre du programme qu'il a préférée ou la cursive qui s'y rattache et justifie son choix (oral interactif : cette partie de l'oral s'apparente à une conversation, impulsée par le candidat qui présente l'œuvre qu'il a choisie).

Les élèves disposent au maximum de 24 textes pour les séries générales, de 16 textes pour les séries technologiques, la crise sanitaire pouvant mener à un allègement.

L'élève sera interrogé sur un des textes du parcours, dont il doit rendre compte linéairement ainsi qu'il l'a travaillé en cours, en s'aidant des prolongements éventuels qui éclairent l'œuvre. La deuxième partie de l'oral met en jeu une lecture intégrale : soit lecture cursive, soit œuvre étudiée en classe.

L'intérêt des citations

Ce guide vous aide à mémoriser et à bien utiliser un certain nombre de citations pour gagner des points au bac. Elles vous seront utiles à l'écrit (dissertation) comme à l'oral – pour toutes les séries donc.

La première étape consiste à **lire le choix de citations** en essayant de les re-contextualiser au sein de l'œuvre. Cela permet de « relire » l'œuvre rapidement et de mieux la mémoriser au travers de « moments » importants de l'œuvre signifiés par la citation proposée. On balaye en quelque sorte l'ensemble du livre, de façon à en avoir à la fois une image globale – importante pour en parler dans son intégralité – et simultanément des repères précis attachés à chaque citation retenue.

La deuxième étape consiste à **apprendre par cœur et à retenir une sélection de citations :** toutes celles proposées ont un intérêt bien sûr, mais certaines vous « parleront » plus que d'autres : apprenez-les ! Elles seront utiles dans votre brouillon pour éclairer ou approfondir, voire compléter, les idées à développer.

La troisième – et dernière ! – étape consiste à **noter dans vos dissertations ou votre oral des citations complètes** qui viendront étayer votre devoir ou votre exposé, prouver votre lecture attentive et votre travail sur l'œuvre. L'évaluation en tiendra compte évidemment, et votre examen n'en sera que meilleur.

Poésie

Du XIXe siècle au XXIe siècle

SOMMAIRE

Présentation

Cet objet d'étude, concentré sur le genre poétique dans une perspective temporelle resserrée, vise à envisager le développement du romantisme et les esthétiques qui lui ont directement succédé, grâce à un choix de trois œuvres intégrales, chacune liée à un parcours spécifique. On s'attachera, pour chaque œuvre, à mettre en évidence la quête du sens liée à l'emploi singulier de la langue, dans sa dimension sémantique autant qu'auditive ou visuelle.

On travaillera également sur les effets produits par l'écriture et la composition des recueils.

La perspective en termes de compétences est de développer la lecture oralisée et la mémorisation, ainsi que l'appropriation et l'effort d'interprétation de l'œuvre.

Les Contemplations

Victor Hugo (livres I à IV)

Victor Hugo est né en 1802 ; il vit une enfance heureuse, alternativement voyageuse avec son père, général d'Empire, et parisienne avec sa mère. Il écrit avec le même talent dans les trois grands genres (théâtre, roman, poésie) et s'illustre comme dramaturge avec *Hernani* et sa célèbre « bataille » en 1830, comme romancier avec *Les Misérables*, comme poète avec *Les Contemplations*. Chef de file du romantisme, il domine l'ensemble du XIXe siècle, grâce à sa carrière littéraire, mais aussi politique : son engagement pour le peuple est sans égal, ses convictions le mèneront à dix-huit ans d'exil. Il connaît des moments sombres, en particulier la mort accidentelle de sa fille. Il meurt en 1885 et repose au Panthéon.

« Les Mémoires d'une âme »

Victor Hugo publie *Les Contemplations* en 1856, alors qu'il est exilé à Guernesey. Le recueil, qui rassemble des poèmes écrits entre 1830 et 1855, présente une perspective autobiographique, comme l'indique d'ailleurs le sous-titre, « Mémoires d'une âme ». Le point de départ de l'entreprise est la mort accidentelle le 4 septembre 1843 de Léopoldine, fille aînée du poète, qui structure le recueil en deux parties : « Autrefois » et « Aujourd'hui ». Hugo évoque dans ces poèmes toute sa vie, depuis l'« Aurore » (partie I) jusqu'« Au bord de l'infini » (livre VI), évoquant ses luttes, sociales et personnelles, son engagement, ses joies et ses douleurs, l'ensemble formant le portrait protéiforme d'un homme à la fois poète, politique, père, amoureux, dans une esthétique envahie par la colère, le deuil, la religion et la nature.

Analyse d'une citation

« Demain, dès l'aube, à l'heure où blanchit la campagne,
Je partirai. Vois-tu, je sais que tu m'attends.
J'irai par la forêt, j'irai par la montagne.
Je ne puis demeurer loin de toi plus longtemps. »

(*Pauca meae*, livre IV)

Cette strophe est la première d'un des poèmes les plus célèbres du recueil, « Demain, dès l'aube… », qui semble concentrer l'entreprise de Hugo. Le poète s'adresse à sa fille morte, lors d'un pèlerinage vers sa tombe, dans un style épuré qui traduit l'amour intense et la peine ressentie. La récurrence du « je » témoigne de la confidence personnelle, qui est à l'œuvre dans tout le recueil, et le choix de l'alexandrin est typique de l'auteur, trahissant la permanence d'un rythme malgré tout bousculé et instable autant que narratif.

Florilège de citations

Préface

« Vingt-cinq années sont dans ces deux volumes. *Grande mortalis aevi spatium.* L'auteur a laissé, pour ainsi dire, ce livre se faire en lui. La vie, en filtrant goutte à goutte à travers les événements et les souffrances, l'a déposé dans son cœur. Ceux qui s'y pencheront retrouveront leur propre image dans cette eau profonde et triste, qui s'est lentement amassée là, au fond d'une âme. »

Livre I

« Tous les mots à présent planent dans la clarté.
Les écrivains ont mis la langue en liberté. »

(VII, « Réponse à un acte d'accusation »)

« Je rêvais dans un grand cimetière désert ;
De mon âme et des morts j'écourtais le concert,
Parmi les fleurs de l'herbe et les croix de la tombe.
Dieu veut que ce qui naît sorte de ce qui tombe. »

(XVIII, « Les Oiseaux »)

« Oui, je suis le rêveur ; je suis le camarade
Des petites fleurs d'or du mur qui se dégrade,
Et l'interlocuteur des arbres et du vent. »

(XXVII, « Oui, je suis le rêveur... »)

Livre II

« Le chagrin – âge et deuil, hélas ! ont le même air, –
Assombrit chaque trait de mon visage amer,
Et m'y creuse une ride avec sa main pesante,
Joyeux, j'ai vingt-cinq ans ; triste, j'en ai soixante. »

(VIII, « Tu peux, comme il te plaît… »)

« Moi, je préfère, ô fontaines !
Moi, je préfère, ô ruisseaux !
Au Dieu des grands capitaines,
Le Dieu des petits oiseaux ! »

(XVIII, « Je sais bien qu'il est d'usage… »)

« Rien n'est si doux que le charme d'aimer »

(XXVIII, « Un soir que je regardais le ciel »)

Livre III

« Où vont tous ces enfants, dont pas un seul ne rit ?
Ces doux êtres pensifs, que la fièvre maigrit ?
Ces filles de huit ans, qu'on voit cheminer seules ?
Ils s'en vont travailler quinze heures sous des meules ;
Ils vont, de l'aube au soir, faire éternellement
Dans la même prison le même mouvement. »

(II, « *Melancholia* »)

« Ceux-ci partent, ceux-là demeurent.
Sous le sombre aquilon, dont les mille voix pleurent,
Poussière et genre humain, tout s'envole à la fois. »

(V, « Quia pulvis es »)

« [...] Nous autres hommes,
Le peu que nous faisons, et le rien que nous sommes,
Emplit notre pensée, et dans nos regards vains
Brillent nos plans chétifs que nous croyons divins. »

(XIX, « Baraques de la foire »)

Livre IV

« Je suis plein de regrets. Brisé par la souffrance,
L'esprit profond d'Hermann est vide d'espérance.
Je suis plein de regrets. Ô mes amours, dormez ! »

(XII, « À quoi songeaient deux cavaliers dans la forêt »)

« Demain, dès l'aube, à l'heure où blanchit la campagne,
Je partirai. Vois-tu, je sais que tu m'attends.. »

(XIV, « Demain, dès l'aube... »)

« Maintenant que du deuil qui m'a fait l'âme obscure
Je sors, pâle et vainqueur,
Et que je sens la paix de la grande nature
Qui m'entre dans le cœur. »

(XV, « À Villequier »)

Mes citations

Mes citations

Les Fleurs du Mal

Charles Baudelaire

Charles Baudelaire naît à Paris en 1821. Très tôt orphelin de père, il est élevé par sa mère et son beau-père, le lieutenant-colonel Aupick, qu'il déteste. Le jeune Charles, adolescent, s'oppose aux valeurs bourgeoises incarnées par sa famille qui refuse sa vocation poétique, préférant une vie bohème et dissolue. Dandy dépensier, fréquentant les milieux interlopes parisiens, il participe aux barricades de 1848, dilapide l'héritage paternel, consomme de la drogue, traduit Edgar Allan Poe et surtout compose les poèmes de son célèbre recueil *Les Fleurs du Mal*, publié et condamné en 1857 pour « outrage à la morale publique et aux bonnes mœurs ». Sa poésie, symboliste, choque en effet par ses sujets mêlant le Beau et le Laid, le Bien et le Mal, et par sa façon d'écrire, prosaïque, cassant la métrique traditionnelle. Il meurt de la syphilis, en 1867, à Paris.

« Alchimie poétique : la boue et l'or »

En 1857 paraît le recueil de poèmes de Charles Baudelaire intitulé *Les Fleurs du Mal*. L'auteur, accusé d'outrage à la morale publique, doit finalement retirer certaines pièces avant la publication. Pourquoi ? Le poète y propose une vision du monde, de l'envers du monde, choquante et qui bouscule les conventions, le monde des « pauvresses », des « débauchés » et des « agonisants », des « charognes » et des « chauves-souris ». La noirceur, la laideur, la dissonance, l'inattendu, la mélancolie, mais aussi le souvenir et l'oubli accompagnent le voyage érotico-dépressif qui nous mène de *Spleen et Idéal* à *La Mort*. Baudelaire plonge dans la vérité du monde pour en extraire, par le travail poétique, la nouvelle et surprenante Beauté.

Analyse d'une citation

« Ô vous, soyez témoin que j'ai fait mon devoir
Comme un parfait chimiste et comme une âme sainte,
Car j'ai de chaque chose extrait la quintessence,
Tu m'as donné ta boue et j'en ai fait de l'or. »

(Ébauche d'épilogue pour la seconde édition)

Cette citation vient conclure le recueil en en exaltant le projet alchimique de transformation du monde. Ces données poétiques auxquelles le lecteur est habitué ont bougé ; maintenant c'est la « boue » le matériau poétique dont l'auteur va tirer « l'or ». L'assimilation triviale du poète au chimiste, répondant simultanément aux aspirations divines, donne l'image perpétuellement double qui préside au recueil : la réversibilité du monde.

Florilège de citations

Dédicace

« Tu le connais, lecteur, ce monstre délicat,
– Hypocrite lecteur, – mon semblable, – mon frère ! »

(« Au lecteur »)

« Spleen et Idéal »

« Le Poète est semblable au prince des nuées
Qui hante la tempête et se rit de l'archer ;
Exilé sur le sol au milieu des huées,
Ses ailes de géant l'empêchent de marcher. »

(« L'Albatros »)

« Parfois il parle et dit : "Je suis belle et j'ordonne
Que pour l'amour de moi vous n'aimiez que le Beau." »

(« Que diras-tu ce soir… »)

« Vous êtes un beau ciel d'automne, clair et rose !
Mais la tristesse en moi monte comme la mer,
Et laisse, en refluant sur ma lèvre morose
Le souvenir cuisant de son limon amer. »

(« Causerie »)

« Par toi je change l'or en fer
Et le paradis en enfer »

(« Alchimie de la douleur »)

« Les amoureux fervents et les savants austères
Aiment également, dans leur mûre saison,
Les chats puissants et doux, orgueil de la maison,
Qui comme eux sont frileux et comme eux sédentaires. »

(« Les Chats »)

« Tableaux parisiens »

« Je vais m'exercer seul à ma fantasque escrime,
Flairant dans tous les coins les hasards de la rime,
Trébuchant sur les mots comme sur les pavés,
Heurtant parfois des vers depuis longtemps rêvés. »

(« Le Soleil »)

« Quand ainsi qu'un poète, il descend dans les villes,
Il ennoblit le sort des choses les plus viles. »

(« Le Soleil »)

« L'aurore grelottante en robe rose et verte
S'avançait lentement sur la Seine déserte,
Et le sombre Paris, en se frottant les yeux,
Empoignait ses outils, vieillard laborieux. »

(« Le Crépuscule du matin »)

« Voici le soir charmant, ami du criminel ;
Il vient comme un complice, à pas de loup ; le ciel
Se ferme lentement comme une grande alcôve,
Et l'homme impatient se change en bête fauve. »

(« Le Crépuscule du soir »)

« Un éclair… puis la nuit ! – Fugitive beauté
Dont le regard m'a fait soudainement renaître,
Ne te verrai-je plus que dans l'éternité ? »

(« À une passante »)

« La Mort »

« Sous une lumière blafarde
Court, danse et se tord sans raison
La Vie, impudente et criarde. »

(« La Fin de la journée »)

« Pour l'enfant, amoureux de cartes et d'estampes,
L'univers est égal à son vaste appétit.
Ah ! que le monde est grand à la clarté des lampes !
Aux yeux du souvenir que le monde est petit ! »

(« Le Voyage »)

« Nous voulons, tant ce feu nous brûle le cerveau,
Plonger au fond du gouffre, Enfer ou Ciel, qu'importe ?
Au fond de l'Inconnu pour trouver du nouveau ! »

(« Le Voyage »)

Mes citations

Mes citations

Alcools

Guillaume Apollinaire

Guillaume de Kostrowitzky, dit « Kostro », est né en 1880 à Rome, d'une mère polonaise, aventurière galante, et d'un père inconnu. En 1901, précepteur en Allemagne, il tombe amoureux de la gouvernante anglaise Annie Playden. Amour malheureux… Il rentre à Paris, commence à publier, fréquente le milieu cubiste et la peintre Marie Laurencin, choisit son pseudonyme, d'après un de ses prénoms : il sera désormais Guillaume Apollinaire. Nouvelliste, critique d'art, inventeur du mot « surréalisme », c'est pourtant comme poète qu'il connaît la postérité : il invente une poésie moderne, qui tisse les images-collages avec les thèmes traditionnels de la mélancolie et de l'amour. *Alcools* est publié en 1913, *Calligrammes* en 1917. Il s'engage dans l'armée en 1914 et est à cette occasion naturalisé français. Très affaibli par une blessure à la tête, il meurt le 9 novembre 1918 à Paris, de la grippe espagnole.

« Modernité poétique ? »

En avril 1913, Guillaume Apollinaire publie son recueil *Alcools*, ensemble de cinquante poèmes aux échos autobiographiques, où les amours malheureuses, la confidence et la fuite du temps voisinent avec l'éclatant et tonitruant monde moderne, où les rythmes sonores soutiennent les collages d'inspiration cubiste des images, où l'expression du « je » côtoie la fascination industrielle. L'absence délibérée de ponctuation, la conjonction des mots rares avec le vocabulaire trivial, l'explosion de la modernité alliée à une sentimentale mélancolie, en fait le nouveau lyrisme qu'invente Apollinaire, font de ce recueil un hymne à la modernité qui bouscule le lecteur à chaque page.

Analyse d'une citation

« À la fin tu es las de ce monde ancien »

(« Zone »)

Ce vers isolé est le premier de « Zone » et donc le premier vers du recueil : ce commentaire personnel apparaît au lecteur comme une injonction paradoxale. D'abord, le poème et le recueil commencent donc par la fin : la fin du « monde ancien », cette « antiquité grecque et romaine » du vers 3. Mais ce mouvement d'humeur met en place aussi le choix de l'autobiographie ; le « tu » est peut-être le lecteur auquel s'adresse Apollinaire en le malmenant, il est sûrement le narrateur dédoublé qui se parle à lui-même. Ce vers est un cri sur lequel s'ouvre le recueil, un cri qui rejette absolument la tradition. Apollinaire suggère ainsi le besoin vital de nouveauté, qui va donner, par ce choc initial, sa dynamique au recueil.

Florilège de citations

« J'aime la grâce de cette rue industrielle »

(« Zone»)

« Sous le pont Mirabeau coule la Seine
Et nos amours
Faut-il qu'il m'en souvienne
La joie venait toujours après la peine.

Vienne la nuit sonne l'heure
Les jours s'en vont je demeure »

(« Le Pont Mirabeau »)

« Adieu faux amour confondu
Avec la femme qui s'éloigne
Avec celle que j'ai perdue
L'année dernière en Allemagne
Et que je ne reverrai plus »

(« La Chanson du Mal-Aimé »)

« Dame de mes pensées au cul de perle fine
Dont ni perle ni cul n'égale l'orient »

(« Palais »)

« Sonneries électriques des gares chant des moissonneuses
Traîneau d'un boucher régiment des rues sans nombre
Cavalerie des ponts nuits livides de l'alcool
Les villes que j'ai vues vivaient comme des folles »

(« Le Voyageur »)

« Un jour je m'attendais moi-même
Je me disais Guillaume il est temps que tu viennes
Pour que je sache enfin celui-là que je suis »

(« Cortège »)

« Près du passé luisant demain est incolore »

(« Cortège »)

« Pour que sourie encore une fois Jean-Baptiste
Sire je danserais mieux que les séraphins
Ma mère dites-moi pourquoi vous êtes triste
En robe de comtesse à côté du Dauphin »

(« Salomé »)

« Le mai le joli mai en barque sur le Rhin
Des dames regardaient du haut de la montagne
Vous êtes si jolies mais la barque s'éloigne
Qui donc a fait pleurer les saules riverains ? »

(« Mai »)

« Mon verre s'est brisé comme un éclat de rire »

(« Nuit rhénane »)

« J'ai jeté dans le noble feu
Que je transporte et que j'adore
De vives mains et même feu
Ce Passé ces têtes de morts
Flamme je fais ce que tu veux »

(« Le Brasier »)

« Les becs de gaz pissaient leur flamme au clair de lune »

(« **Les Fiançailles** »)

« Écoutez-moi je suis le gosier de Paris
Et je boirai encore s'il me plaît l'univers »

(« **Vendémiaire** »)

« J'ai cueilli ce brin de bruyère
L'automne est morte souviens-t'en
Nous ne nous verrons plus sur terre
Odeur du temps brin de bruyère
Et souviens-toi que je t'attends »

(« **L'Adieu** »)

Mes citations

Mes citations

Littérature d'idées

Du XVIe siècle au XVIIIe siècle

SOMMAIRE

Présentation

Cet objet d'étude consacré à la culture humaniste est travaillé à partir d'une œuvre intégrale à laquelle est attaché un parcours spécifique, indiqué dans le programme. La littérature d'idées permet de se forger un esprit critique en renforçant les capacités de réflexion approfondie, en travaillant la logique et la cohérence du raisonnement argumenté.

L'histoire littéraire est particulièrement convoquée dans l'étude de ces œuvres qui multiplient les champs de connaissances (philosophie, politique, société) : il s'agit de travailler les liens entre les idées et les contextes qui les voient naître. Les compétences principalement concernées sont ici la contraction de texte, l'essai, la dissertation, et plus généralement la rédaction d'écrits argumentatifs de diverses formes, auxquelles on adjoint pour l'oral l'exercice du débat.

Des Cannibales (I, 31)
Des Coches (III, 6)

Michel de Montaigne

Michel Eyquem de Montaigne – d'après le nom de la terre qu'il hérite de son père – est un écrivain du XVIe siècle, dont l'œuvre principale est les *Essais*. Sous ce titre se cache une œuvre à l'image de son auteur, vivante, dynamique, où l'expérience vécue prélude à la pensée. Montaigne est né en 1533 ; son père lui donne le plaisir de l'étude et de la vie ordinaire. Il devient magistrat au Parlement de Bordeaux, où il rencontre Étienne de La Boétie, avec lequel il noue une authentique et célèbre amitié. C'est un grand voyageur, ouvert au monde, un auteur profondément humaniste. Il meurt en 1592.

« Notre monde vient d'en trouver un autre »

C'est en 1588 que paraît la dernière version des *Essais* de Montaigne, comportant trois livres. Dans cette œuvre originale et unique, Montaigne partage avec son lecteur ses expériences, ses « essais », procédant « à sauts et à gambades », c'est-à-dire librement. Il y rend compte de ses réflexions, de ses observations dans une écriture familière et naturelle, sans artifice et sans érudition superflue, dans ce qu'il nommera lui-même une « confession ». Dans *Des Cannibales,* Montaigne étudie plus spécifiquement la relativité des coutumes et dans *Des Coches*, après quelques détours, il concentre sa réflexion sur la colonisation.

Des Cannibales

Analyse d'une citation

« Je pense qu'il y a plus de barbarie à manger un homme vivant qu'à le manger mort, à déchirer par tourments et par géhennes un corps encore plein de sentiment, à le faire rôtir par le menu, à le faire mordre et meurtrir aux chiens et aux pourceaux [...] que de le rôtir et manger après qu'il est trépassé. »

Cette comparaison des coutumes « cannibales » des Indiens Tupinambas avec celles des Européens montre la façon de réfléchir de Montaigne, à partir d'une expérience directe, et de lutter contre les préjugés et l'ethnocentrisme.

Florilège de citations

« Voilà comment il faut se garder de s'attacher aux opinions vulgaires, et il les faut juger par la voie de la raison, non par la voix commune. »

« Ce n'est pas raison que l'art gagne le point d'honneur sur notre grande et puissante mère nature. Nous avons tant rechargé la beauté et la richesse de ses ouvrages par nos inventions que nous l'avons du tout étouffée. »

« Or je trouve, pour revenir à mon propos, qu'il n'y a rien de barbare et de sauvage en cette nation, à ce qu'on m'en a rapporté, sinon que chacun appelle barbarie ce qui n'est pas de son usage. »

« Ils avaient aperçu qu'il y avait parmi nous des hommes pleins et gorgés de toutes sortes de commodités, et que leurs moitiés [c'est-à-dire les autres hommes] étaient mendiants à leurs portes, décharnés de faim et de pauvreté. »

« Tout cela ne va pas trop mal. Mais quoi ? Ils ne portent point de haut-de-chausses. »

Mes citations

Des Coches

Analyse d'une citation

« Après avoir donné quelques preuves que la crainte peut produire le mal de mer, il [Plutarque] attribue à cette cause les soulèvements d'estomac qu'éprouvent ceux qui voyagent sur mer. Moi qui suis fort sujet à ce mal, je sais pertinemment que, chez moi, la crainte n'en est pas la cause, et je le sais non par conjectures mais par expérience. »

Cette citation nous renseigne sur la manière dont fonctionnent la pensée et l'écriture de Montaigne : alliant le recours à la connaissance et à l'autorité (ici, celle du philosophe grec Plutarque) à l'expérience personnelle, il témoigne ainsi de l'originalité d'une réflexion en mouvement, dynamique et sincère.

Florilège de citations

« La prévoyance s'applique également à ce qui nous touche en bien comme en mal ; considérer et apprécier le danger est, en quelque sorte, le contraire de s'en effrayer. »

« Ces inventions étranges me mettent en tête l'idée que c'est une sorte de pusillanimité de la part des monarques, et un témoignage qu'ils ne comprennent pas assez ce qu'ils sont, que de chercher, par des dépenses excessives, à se faire valoir et à paraître. »

« Quand tout ce qui, des temps passés, est venu jusqu'à nous, serait vrai et connu, ce serait encore moins que rien auprès de ce que nous ignorons. »

« Notre monde vient d'en découvrir un autre (et qui nous garantit que ce soit le dernier de ses frères, puisque les Démons, les Sibylles, et nous, en ignorions jusqu'ici l'existence ?) qui n'est pas moins grand, moins peuplé, moins organisé que le nôtre. »

« C'était un monde dans l'enfance ; ne l'avons-nous pas fouetté et asservi à nos errements, en abusant de notre supériorité et des forces dont nous disposions ? En tout cas, nous ne l'avons pas conquis par notre justice et notre bonté, ni subjugué par notre magnanimité. »

Mes citations

Fables (livres VII à IX ou VII à XI)

Jean de La Fontaine

Jean de La Fontaine, « papillon du Parnasse », est né à Château-Thierry en 1621. Il est un poète et moraliste de grande renommée : ses *Fables*, publiées entre 1668 et 1678, sont à l'origine de sa popularité. Destiné par ses parents au séminaire, il lui préfère le droit, qu'il étudie à Paris. Il découvre avec délice les plaisirs de la vie parisienne : libertin, brillant, il fréquente les salons précieux, puis entre au service de Nicolas Fouquet, surintendant des Finances de Louis XIV, à qui il restera fidèle même après l'arrestation de celui-ci au profit de Colbert. Il est aussi l'ami de Molière, Boileau et Racine. Menant une vie dissolue et joyeuse, il n'y renoncera que quelques années avant sa mort en 1695, s'astreignant à une pénitence religieuse sévère.

« Imagination et pensée au XVIIe siècle »

Le *Second Recueil de Fables* paraît en 1678, La Fontaine ayant rencontré un grand succès avec le premier dix ans plus tôt. Ces textes en vers, proches du théâtre par la vivacité et le dynamisme du texte, ont cependant une autre qualité que de divertir le lecteur : il s'agit aussi de mettre en garde contre les défauts et les manquements de la société ou de la condition humaine. Ces deux principes (le « *placere et docere* », « plaire et instruire » du poete latin Horace) correspondent exactement aux exigences du classicisme, et La Fontaine les conjugue avec virtuosité, reprenant les fabulistes antiques en multipliant les ressources variées de l'écriture, l'hétérométrie, le discours direct, le commentaire auctorial. Ainsi, l'imagination suscite, traduit et prolonge la pensée.

Analyse d'une citation

« C'est (il s'agit de l'apologue) proprement un charme :
il rend l'âme attentive,
Ou plutôt il la tient captive,
Nous attachant à des récits
Qui mènent à son gré les cœurs et les esprits. »

Ces quelques vers sont extraits de la dédicace du *Second Livre* à Mme de Montespan, favorite de Louis XIV. Ils exposent à la fois le projet de La Fontaine, charmer, ensorceler par les mots et les vers autant que par les histoires, mais aussi le goût de chacun pour l'imagination, le déploiement de la fantaisie au service du sens critique indispensable à toute société.

Florilège de citations

Livre VII

« Selon que vous serez puissant ou misérable,
Les jugements de Cour vous rendront blanc ou noir. »

(« **Les Animaux malades de la peste** »)

« Deux Coqs vivaient en paix : une Poule survint,
Et voilà la guerre allumée. »

(« **Les Deux Coqs** »)

« Du palais d'un jeune Lapin
Dame Belette, un beau matin,
S'empara : c'est une rusée. »

(« **Le Chat, la Belette et le petit Lapin** »)

« C'est souvent du hasard que naît l'opinion
Et c'est l'opinion qui fait toujours la vogue »

(« **Les Devineresses** »)

« Quel esprit ne bat la campagne ?
Qui ne fait châteaux en Espagne ? »

(« **La Laitière et le Pot au lait** »)

Livre VIII

« Son voisin au contraire, étant tout cousu d'or,
Chantait peu, dormait moins encor.
C'était un homme de finances. »

(« **Le Savetier et le Financier** »)

« Qui d'eux aimait le mieux ? Que t'en semble, Lecteur ?
Cette difficulté vaut bien qu'on la propose.
Qu'un ami véritable est une douce chose ! »

(« Les Deux Amis »)

« [...] l'Orateur recourut
À ces figures violentes
Qui savent exciter les âmes les plus lentes.
Il fit parler les morts, tonna, dit ce qu'il put.
Le vent emporta tout ; personne ne s'émut.. »

(« Le Pouvoir des fables »)

« Je définis la Cour un pays où les gens
Tristes, gais, prêts à tout, à tout indifférents,
Sont ce qu'il plaît au Prince, ou, s'ils ne peuvent l'être,
Tâchent au moins de le paraître. »

(« Les Obsèques de la Lionne »)

« Les gens sans bruit sont dangereux ;
Il n'en est pas ainsi des autres. »

(« Le Torrent et la Rivière »)

« Rien n'est si dangereux qu'un ignorant ami ;
Mieux vaudrait un sage ennemi. »

(« L'Ours et l'amateur des jardins »)

« Et puis nous y pouvons apprendre,
Que tel est pris qui croyait prendre. »

(« Le Rat et l'Huître »)

Livre IX

« Je hais les pièces d'éloquence
Hors de leur place, et qui n'ont point de fin,
Et ne sais bête au monde pire
Que l'Écolier si ce n'est le Pédant.
Le meilleur de ces deux pour voisin, à vrai dire,
Ne me plairait aucunement. »

(« L'Écolier, le Pédant et le Maître d'un jardin »)

« Ce repas fait, il dit, d'un ton de président :
"Tenez, la cour vous donne à chacun une écaille
Sans dépens, et qu'en paix chacun chez soi s'en aille." »

(« L'Huître et les plaideurs »)

Livre X

« Cent exemples pourraient appuyer mon discours
Mais les ouvrages les plus courts
Sont toujours les meilleurs. »

(« Discours à Monsieur le duc de La Rochefoucauld »)

Livre XI

« Un octogénaire plantait.
"Passe encor de bâtir ; mais planter à cet âge !"
Disaient trois jouvenceaux, enfants du voisinage :
Assurément il radotait. »

(« Le Vieillard et les trois jeunes hommes »)

Mes citations

Mes citations

Lettres persanes

Montesquieu

Charles Louis de Secondat, baron de La Brède et de Montesquieu, naît en 1689 dans une famille de magistrats bordelais. Ses parents lui donnent pour parrain un mendiant dont il porte le prénom, pour qu'il n'oublie pas que « les pauvres sont ses frères ». Jeune homme passionné et brillant, il s'intéresse aux sciences (physique, sciences naturelles) puis, après des études de droit, se tourne vers la politique (il s'intéresse en particulier aux types de gouvernements). Il analyse la société à travers un roman, *Lettres persanes* (1721), mais surtout des écrits philosophiques – notamment *De l'esprit des lois* (1748). Figure essentielle des Lumières, grand voyageur que tout intéresse, curieux et observateur, il défend la liberté et la tolérance. Il meurt en 1755 à Paris.

« Le regard éloigné »

Cette « espèce de roman », selon les termes mêmes de l'auteur, est un roman épistolaire qui paraît anonymement en 1721 à Amsterdam, mais qui permet à son véritable auteur, Montesquieu, vite identifié, de connaître le succès. Montesquieu, dont c'est le seul roman, est un penseur des Lumières : l'analyse de la société, le pouvoir, la religion, la liberté intéressent particulièrement ce magistrat, et c'est le sujet de ce roman, *Lettres persanes*, qui décrit et critique la société française – parisienne – sous la plume de visiteurs persans.

Usbek et Rica, les deux Persans voyageurs, voient tout d'un regard neuf et font ressortir, dans les lettres qu'ils envoient à leurs correspondants restés en Perse, ou en voyage à l'étranger, l'absurdité et le ridicule des institutions ou des usages que l'habitude fait trouver normales aux Français. La forme épistolaire permet de lier le romancier et le philosophe, le moraliste et le sociologue. Les lettres, décousues, sont des tranches de vie et de réflexion, mais ensemble, elles tissent l'histoire d'une vie : celle des épistoliers, celle du sérail, celle de Montesquieu.

Analyse d'une citation

« Ils leur faisaient surtout sentir que l'intérêt des particuliers se trouve toujours dans l'intérêt commun ; que vouloir s'en séparer, c'est vouloir se perdre, que la vertu n'est point une chose qui doive nous coûter ; qu'il ne faut point la regarder comme un exercice pénible ; et que la justice pour autrui est une charité pour nous. »

(Lettre XII)

Cette citation est extraite du groupe de lettres (XI à XIV) dans lesquelles Usbek développe les idées – chères à Montesquieu et aux Lumières – de liberté, de bonheur et de vertu, exposant l'idéal démocratique à travers l'apologue des troglodytes.

Florilège de citations

Lettre I

« Rica et moi sommes peut-être les premiers parmi les Persans que l'envie de savoir ait fait sortir de leur pays, et qui aient renoncé aux douceurs d'une vie tranquille pour aller chercher laborieusement la sagesse. »

(Usbek à son ami Rustan)

Lettre XXI

« Si vous vous écartez de votre devoir, je regarderai votre vie comme celle des insectes que je trouve sous mes pieds. »

(Usbek au premier eunuque blanc)

Lettre XXIV

« Ce roi est un grand magicien : il exerce son empire sur l'esprit même de ses sujets ; il les fait penser comme il veut. »

(Rica à Ibben)

Lettre XXIX

« Le pape est le chef des chrétiens. C'est une vieille idole qu'on encense par habitude. »

(Rica à Ibben)

Lettre XXX

« Mais si quelqu'un, par hasard, apprenait à la compagnie que j'étais Persan, j'entendais aussitôt autour de moi un bourdonnement : "Ah ! Ah ! Monsieur est Persan ? C'est une chose bien extraordinaire ! Comment peut-on être Persan ?" »

(Rica à Ibben)

Lettre XXXVIII

« C'est une grande question, parmi les hommes, de savoir s'il est plus avantageux d'ôter aux femmes la liberté, que de la leur laisser. »

(Rica à Ibben)

Lettre LXII

« Dans la prison même où tu me retiens, je suis plus libre que toi. Tu ne saurais redoubler tes attentions pour me faire garder, que je ne jouisse de tes inquiétudes : et tes soupçons, ta jalousie, tes chagrins, sont autant de marques de ta dépendance. »

(Zélis à Usbek)

Lettre LXXXVIII

« On dit que l'homme est un animal sociable. Sur ce pied-là, il me paraît qu'un Français est plus homme qu'un autre, c'est l'homme par excellence ; car il semble être fait uniquement pour la société. »

(Rica)

Livre CXVII

« Rien ne contribue plus à l'attachement mutuel que la faculté du divorce : un mari et une femme sont portés à soutenir patiemment les peines domestiques, sachant qu'ils sont maîtres de les faire finir. »

(Usbek à Rhédi)

Lettre CXXIII

« L'égalité même des citoyens, qui produit ordinairement de l'égalité dans les fortunes, porte l'abondance et la vie dans toutes les parties du corps politique, et la répand partout. »

(Usbek à Rhédi)

Lettre CXXXVIII

« Les ministres se succèdent et se détruisent ici comme les saisons : depuis trois ans, j'ai vu changer quatre fois de système sur les finances. »

(Rica à Ibben)

Lettre CLXI

« J'ai pu vivre dans la servitude, mais j'ai toujours été libre. »

(Roxane à Usbek)

Mes citations

Mes citations

L'Ingénu

Voltaire

Voltaire – de son vrai nom François-Marie Arouet – est né à Paris en 1694, dans une famille de la haute bourgeoisie. Il fait de solides études chez les jésuites, se spécialise en droit. Ses écrits se caractérisent d'emblée par l'ironie et la critique acerbe de la société : il dénonce le fanatisme religieux, la monarchie absolue, l'intolérance – ce qui lui vaudra l'embastillement. Il part en 1726 en Angleterre, pour y étudier la société, plus progressiste qu'en France. C'est un mondain, qui aime recevoir, mais aussi un polémiste engagé, et sa légèreté s'accorde à un approfondissement constant de ses connaissances. Il est l'un des plus célèbres représentants des Lumières, en particulier grâce à ses contes philosophiques (*Candide* par exemple, publié en 1759). Il meurt en 1778 et est transféré au Panthéon treize ans plus tard.

« Voltaire, esprit des Lumières »

Lorsque *L'Ingénu* paraît en 1767, Voltaire est probablement l'écrivain français le plus célèbre pour ses écrits, et, à travers eux, pour son combat permanent contre l'intolérance et l'injustice. Avec le conte philosophique, il a inventé un genre : celui de l'histoire amusante et fantaisiste qui propose une réflexion critique de la société en se jouant ainsi de la censure. Voltaire y déploie son écriture acérée, ironique, brillante, drôle et mordante à la fois. Le héros, un Huron surnommé « l'Ingénu », est un « bon sauvage », dont l'arrivée, en Bretagne et plus tard à Versailles, provoque un choc des cultures qui permet à Voltaire, au nom du naturel, d'examiner les mœurs françaises. Le récit raconte l'initiation à la civilisation du personnage, interrogeant ainsi le lecteur : comment concilier nature et culture ?

Analyse d'une citation

« Il mit par écrit beaucoup d'autres réflexions qui épouvantèrent le vieux Gordon. "Quoi ! dit-il en lui-même, j'ai consumé cinquante ans à m'instruire, et je crains de ne pouvoir atteindre au bon sens naturel de cet enfant presque sauvage ! Je tremble d'avoir laborieusement fortifié des préjugés ; il n'écoute que la simple nature." »

(Chapitre 11)

Ce passage se situe lors du « séjour » à la Bastille, quand l'Ingénu partage sa cellule avec le janséniste Gordon, qui l'instruit. Très vite, cet enseignement devient mutuel et cet échange permet à Voltaire de poser la question centrale du conte : il faut concilier la culture avec la nature.

Florilège de citations

Chapitre I

« Croyez-vous, disait Mlle de Kerkabon, que notre belle-sœur ait été mangée par les Iroquois, comme on nous l'a dit ? »

(Mlle de Kerkabon à son frère l'abbé)

« On m'a toujours appelé l'Ingénu, reprit le Huron, et on m'a confirmé ce nom en Angleterre, parce que je dis toujours naïvement ce que je pense, comme je fais tout ce que je veux. »

(L'Ingénu au bailli au cours d'un dîner)

« Est-il possiblo ? s'écria Mlle de Kerkabon ; j'avais toujours cru que le français était la plus belle de toutes les langues après le bas-breton. »

(Au cours du même dîner)

Chapitre II

« Il fallait l'instruire et cela paraissait difficile : car l'abbé de Saint-Yves supposait qu'un homme qui n'était pas né en France n'avait pas le sens commun. »

(À propos de l'Ingénu)

Chapitre V

« Il passa une partie de la nuit à faire des vers en langue huronne pour sa bien-aimée : car il faut savoir qu'il n'y a aucun pays de la terre où l'amour n'ait rendu les amants poètes. »

(L'Ingénu écrit des vers pour sa bien-aimée)

Chapitre VI

« Il y a, dit-il, je l'avoue, beaucoup d'inconstants et de fripons parmi nous, et il y en aurait autant chez les Hurons s'ils étaient rassemblés dans une grande ville ; mais il y a aussi des âmes sages, honnêtes, éclairées, et ce sont ces hommes-là qui ont fait les lois. Plus on est homme de bien, plus on doit s'y soumettre ; on donne l'exemple aux vicieux, qui respectent un frein que la vertu s'est donné elle-même. »

(L'abbé de Saint-Yves à l'Ingénu)

Chapitre X

« L'histoire n'est que le tableau des crimes et des malheurs. »

(Réflexion de l'Ingénu)

« Cette naïveté embarrassait fort le bonhomme ; il sentait qu'il faisait de vains efforts pour se tirer de ce bourbier, et il entassait tant de paroles qui paraissaient avoir du sens et qui n'en avaient point (dans le goût de la prémotion physique) que l'Ingénu en avait pitié. »

(Le janséniste Gordon, à propos de la naïveté de l'Ingénu qui est embastillé comme lui)

Chapitre XI

« La lecture agrandit l'âme, et un ami éclairé la console. »

(Début du chapitre)

« La vérité luit de sa propre lumière, et on n'éclaire pas les esprits avec les flammes des bûchers. »

(Histoire de l'empereur Justinien)

Chapitre XIV

« L'absence augmente toujours l'amour qui n'est pas satisfait, et la philosophie ne le diminue pas. »

(Fin du chapitre)

« Enfin, pour dernier prodige, un Huron convertissait un janséniste. »

(Dernière phrase du chapitre)

Chapitre XX

« Il prit pour sa devise : *Malheur est bon à quelque chose.* Combien d'honnêtes gens dans le monde ont pu dire : *malheur n'est bon à rien !* »

(Avant-dernière phrase du livre)

Mes citations

Mes citations

Roman et récit

Du Moyen Âge au XXIe siècle

SOMMAIRE

Présentation

Cet objet d'étude consacré au genre romanesque est travaillé (à l'instar des trois autres) à partir d'une œuvre intégrale à laquelle est attaché un parcours spécifique, indiqué dans le programme. L'objectif est de parvenir à une maîtrise de l'œuvre proposée, en étant attentif en particulier à la vision du monde perceptible dans l'œuvre, à l'analyse des choix narratifs, au système des personnages. Cet objectif permet au lycéen de développer une réflexion personnelle et ainsi d'être à même de composer une dissertation à partir d'une question littéraire portant sur l'une des œuvres et son parcours associé.
La perspective en termes de compétences est de développer l'autonomie de lecture, d'appropriation et d'interprétation de l'œuvre, d'une part, et d'exercer et renforcer l'expression écrite et l'expression orale d'autre part.

La Princesse de Clèves

Madame de Lafayette

La comtesse de Lafayette, née Marie-Madeleine Pioche de La Vergne, est née en 1634 à Paris, dans une famille de petite noblesse. Elle a 15 ans et vient de perdre son père quand elle devient demoiselle d'honneur de la reine Anne d'Autriche – elle transposera cette entrée à la Cour dans son roman *La Princesse de Clèves* en 1678. Elle fréquente les salons, devient l'amie de Mme de Sévigné et épouse un Auvergnat – ce qui ne l'empêche pas de revenir fréquemment à Paris, où elle s'installe définitivement en 1659 et où elle devient une figure de la vie mondaine, y rencontrant La Rochefoucauld, son grand et fidèle ami. Écrire est pour elle un passe-temps, mais ses œuvres traduisent pourtant sa conception profondément personnelle de l'amour : elle invente le roman d'analyse psychologique. Elle meurt à Paris en 1693.

« Individu, morale et société »

Ce court roman classique de Madame de Lafayette paraît en 1678 et met en scène une jeune fille de quinze ans à la Cour d'Henri II, Mlle de Chartres. Devenue très vite princesse de Clèves par un mariage raisonnable, elle tombe amoureuse du beau duc de Nemours. Le roman – premier roman psychologique de l'histoire de la littérature française – expose les affres d'une passion combattue opiniâtrement au nom de la morale, et la résistance d'une jeune femme aux tentations d'une Cour frivole et cruelle.

Analyse d'une citation

« J'avoue que les passions peuvent me conduire ; mais elles ne sauraient m'aveugler. »

Cette phrase est prononcée par la princesse de Clèves et adressée à celui qu'elle aime, le duc de Nemours, lors de leur unique conversation privée, à la fin du roman (tome IV). Elle met en cause la morale du « Grand Siècle », qui condamne les passions jugées dangereuses, car privant l'individu de sa raison. On voit ici que le personnage éponyme lutte contre sa passion avec une grande lucidité (le verbe « avouer » en témoigne) : elle l'accepte provisoirement, mais refuse d'en être l'esclave. Cette « honnête femme », idéal de vertu du XVIIe siècle, montre une connaissance et une maîtrise de soi admirables.

Florilège de citations

Tome I

« La magnificence et la galanterie n'ont jamais paru en France avec tant d'éclat que dans les dernières années du règne d'Henri second. »

(Incipit)

« Il parut alors une beauté à la Cour, qui attira les yeux de tout le monde, et l'on doit croire que c'était une beauté parfaite, puisqu'elle donna de l'admiration dans un lieu où l'on était si accoutumé à voir de belles personnes. »

(Entrée de Mlle de Chartres à la Cour)

« Madame de Chartres admirait la sincérité de sa fille, et elle l'admirait avec raison, car jamais personne n'en a eu une si grande et si naturelle. »

(À propos de Mlle de Chartres)

Tome II

« Je n'ai jamais vu une femme avoir une conduite si honnête et si agréable à l'égard de son amant ; néanmoins j'étais toujours choqué de son affectation à paraître encore affligée. »

(Histoire enchâssée de Mme de Tournon contée par M. de Clèves)

« Elle tenait cette lettre avec une main tremblante : ses pensées étaient si confuses qu'elle n'en avait aucune distincte ; et elle se trouvait dans une sorte de douleur insupportable, qu'elle ne connaissait point, et qu'elle n'avait jamais sentie. »

(Mme de Clèves lisant une lettre adressée à M. de Nemours)

Tome III

« Elle trouva qu'il était presque impossible qu'elle pût être contente de sa passion. "Mais quand je le pourrais être, disait-elle, qu'en veux-je faire ? Veux-je la souffrir ? Veux-je y répondre ? Veux-je m'engager dans une galanterie ? Veux-je manquer à M. de Clèves ? Veux-je me manquer à moi-même ? Et veux-je enfin m'exposer aux cruels repentirs et aux mortelles douleurs que donne l'amour ? Je suis vaincue et surmontée par une inclination qui m'entraîne malgré moi." »

(Monologue de Mme de Clèves)

« Je vais vous faire un aveu que l'on n'a jamais fait à un mari, mais l'innocence de ma conduite et de mes intentions m'en donne la force. Il est vrai que j'ai des raisons de m'éloigner de la Cour et que je veux éviter les périls où se trouvent quelquefois les personnes de mon âge. »

(L'aveu à M. de Clèves)

« J'ai eu tort de croire qu'il y eût un homme capable de cacher ce qui flatte sa gloire. »

(Mme de Clèves à propos de M. de Nemours)

« J'ai de la force pour taire ce que je ne crois pas devoir dire. L'aveu que je vous ai fait n'a pas été par faiblesse, et il faut plus de courage pour avouer cette vérité que pour entreprendre de la cacher. »

(Mme de Clèves à son mari, après l'aveu)

« Ah ! Monsieur, reprit-elle, il n'y a pas dans le monde une autre aventure pareille à la mienne ; il n'y a point une autre femme capable de la même chose. »

(Mme de Clèves à son mari)

« Le mal du roi se trouva si considérable que, le septième jour, il fut désespéré des médecins. Il reçut la certitude de sa mort avec une fermeté extraordinaire et d'autant plus admirable qu'il perdait la vie par un accident si malheureux qu'il mourait à la fleur de son âge, heureux, adoré de ses peuples et aimé d'une maîtresse qu'il aimait éperdument. »

(La mort d'Henri II)

Tome IV

« Est-il possible que l'amour m'ait si absolument ôté la raison de la hardiesse, et qu'il m'ait rendu si différent de ce que j'ai été dans les autres passions de ma vie ? »

(M. de Nemours)

« Elle passait une partie de l'année dans cette maison religieuse et l'autre chez elle, mais dans une retraite et dans des occupations plus saintes que celles des couvents les plus austères, et sa vie, qui fut assez courte, laissa des exemples de vertu inimitable. »

(Dernière phrase)

Mes citations

Mes citations

Le Rouge et le Noir

Stendhal

Henri Beyle – connu sous le pseudonyme de Stendhal, qui sonne comme « scandale » – est né en 1783 à Grenoble. Orphelin de mère très jeune, il connaît une enfance malheureuse avec un père qui l'ignore, une tante et un précepteur tyranniques. Et heureusement, un grand-père aimant qui lui apprend la générosité et le bonheur. Le bonheur ! Ce sera le but de toute sa vie. Il monte à Paris pour entrer à Polytechnique, mais finalement préfère les femmes et l'écriture ! En 1800, il découvre avec ravissement l'Italie, dans l'armée impériale. Il s'installera ensuite à Milan. C'est un homme mondain, qui fréquente les salons romantiques et aime la liberté. Ses deux grands romans sont *Le Rouge et le Noir* (1830) et *La Chartreuse de Parme* (1839). Il meurt à Paris en 1842.

« Le personnage de roman : esthétiques et valeurs »

Stendhal publie *Le Rouge et le Noir* (dont le premier titre était *Julien*) en 1830, et c'est son deuxième roman. Son intention est d'y « peindre la France telle qu'elle est en 1830 », et pourtant, le roman n'est pas vraiment d'esthétique réaliste, Stendhal ne recherche pas absolument le détail et l'exactitude, et sa peinture sociale passe par son héros, Julien Sorel, d'extraction populaire : un jeune homme ambitieux qui cherche à échapper à ses origines et se servira des femmes, Mme de Rênal puis Mathilde de La Mole, pour y parvenir. Constamment partagé entre sa naïveté romantique, son besoin de reconnaissance et son arrivisme, très intelligent, Julien mène le lecteur à sa guise dans une société aristocratique qu'il critique, qu'il découvre surtout *nil mirari*, comme lui rappelle son mentor l'abbé Pirard citant Horace, c'est-à-dire : « Jamais d'enthousiasme ».

Analyse d'une citation

« Le lecteur voudra bien nous permettre de donner très peu de faits clairs et précis sur cette époque de la vie de Julien. Ce n'est pas qu'ils nous manquent, bien au contraire ; mais peut-être ce qu'il vit au séminaire est-il trop noir pour le coloris modéré que l'on a cherché à conserver dans ces feuilles. »

(Chapitre XXVII, « Première expérience de la vie »)

Ce début de chapitre est un bon exemple du « réalisme subjectif » de Stendhal : il ne s'agit pas de décrire précisément une époque, un milieu ou un héros, mais plutôt de les commenter, par des interventions récurrentes du narrateur.

Florilège de citations

Partie I

« Julien lisait. Rien n'était plus antipathique au vieux Sorel ; il eût peut-être pardonné à Julien sa taille mince, peu propre aux travaux de force, et si différente de celle de ses aînés ; mais cette manie de lecture lui était odieuse, il ne savait pas lire lui-même. »

(Chapitre IV, « Un père et un fils »)

« Cette main se retira bien vite ; mais Julien pensa qu'il était de son devoir d'obtenir que l'on ne retirât pas cette main quand il la touchait. »

(Chapitre VIII, « Petits événements »)

« Je ne suis pas du bois dont on fait les grands hommes, puisque je crains que huit années passées à me procurer du pain, ne m'enlèvent cette énergie sublime qui fait faire les choses extraordinaires. »

(Chapitre XII, « Un voyage »)

« Ton petit précepteur m'inspire beaucoup de méfiance, lui disait quelquefois madame Derville. Je lui trouve l'air de penser toujours et de n'agir qu'avec politique. C'est un sournois. »

(Chapitre XIV, « Les ciseaux anglais »)

Partie II

« Je ne vous cacherai pas que le jeune comte de La Mole doit vous mépriser d'abord, parce que vous n'êtes qu'un bourgeois. »

(Chapitre I, « Les plaisirs de la campagne »)

« Malgré le bon ton, la politesse parfaite, l'envie d'être agréable, l'ennui se lisait sur tous les fronts. »

(Chapitre IV, « L'hôtel de La Mole »)

« Vous n'avez pas compris votre siècle, lui disait le prince Korasoff : *Faites toujours le contraire de ce qu'on attend de vous*. Voilà, d'honneur, la vraie religion de l'époque. »

(Chapitre VII, « Une attaque de goutte »)

« C'était le plus vif bonheur d'ambition, et Julien était surtout ambitieux. »

(Chapitre XVI, « Une heure du matin »)

« Après tout, pensait-il, mon roman est fini, et à moi seul tout le mérite. J'ai su me faire aimer de ce monstre d'orgueil, ajoutait-il en regardant Mathilde ; son père ne peut vivre sans elle, et elle sans moi. »

(Chapitre XXXIV, « Un homme d'esprit »)

« Il est singulier pourtant que je n'aie connu l'art de jouir de la vie que depuis que j'en vois le terme si près de moi. »

(Chapitre XL, « La tranquillité »)

Mes citations

Mes citations

Mes citations

Voyage au centre de la Terre

Jules Verne

Jules Verne naît à Nantes en 1828, il est l'aîné de cinq enfants. Il montre très tôt une passion pour la mer et, à 11 ans, il veut s'embarquer comme mousse sur un long-courrier. En 1847, ses parents l'envoient à Paris, pour l'éloigner de Nantes et d'un chagrin d'amour ; il y étudie le droit et devient avocat comme son père. Mais il n'exercera jamais. Il rencontre les Dumas père et fils, qui vont l'aider dans ses aspirations littéraires. Il écrit beaucoup, du théâtre, de la poésie, mais c'est l'éditeur Hetzel qui lui apporte le succès en publiant en 1862 *Cinq Semaines en ballon*, premier volet d'une impressionnante et célébrissime série de romans d'anticipation, qui s'appuient sur une documentation solide. En 1871, il s'installe à Amiens, où il mourra en 1905 du diabète. C'est un précurseur de la science-fiction, universellement connu, l'un des auteurs les plus traduits au monde.

« Science et fiction »

Voyage au centre de la Terre, publié en 1864, est un roman d'aventures de Jules Verne mettant en scène un savant cristallographe allemand, Otto Lidenbrock, passionné et têtu, et son jeune neveu Axel, le narrateur de l'histoire. Les deux personnages partent en expédition en Islande, sur les traces d'un alchimiste de la Renaissance, au cœur du volcan Snæfellsjökull, pour découvrir le centre de la Terre. Jules Verne concilie le réel et l'imaginaire à travers les aventures dépaysantes et merveilleuses de son « savant fou ». D'une part, il montre la réalité scientifique de l'époque, et notamment l'enthousiasme soulevé par les deux jeunes sciences que sont la paléontologie et la géologie (la minéralogie en particulier). Il fait d'autre part le récit détaillé d'une expédition impossible aux limites du monde connu.

Analyse d'une citation

« En effet, je me trouvais en présence de produits de la terre, mais taillés sur un patron gigantesque. Mon oncle les appela immédiatement de leur nom. "Ce n'est qu'une forêt de champignons", dit-il. Et il ne se trompait pas. [...] Ils étaient là par milliers ; la lumière ne parvenait pas à percer leur épais ombrage, et une obscurité complète régnait sous ces dômes juxtaposés comme les toits ronds d'une cité africaine. »

(Chapitre 30)

Cette longue citation est un bon exemple de l'art de Jules Verne. L'auteur adresse à notre imagination des images (comparaisons, métaphores) qui rendent visible un monde juste décalé, à côté du nôtre, déformé, et où se mêlent de nombreuses émotions : inquiétude, enthousiasme ou encore admiration.

Florilège de citations

Chapitre I

« Il professait "subjectivement", suivant une expression de la philosophie allemande, pour lui et non pour les autres. C'était un savant égoïste, un puits de science dont la poulie grinçait quand on en voulait tirer quelque chose. »

« Il y a en minéralogie bien des dénominations semi-grecques, semi-latines, difficiles à prononcer, de ces rudes appellations qui écorcheraient les lèvres d'un poète. Je ne veux pas dire du mal de cette science. Loin de moi. Mais lorsqu'on se trouve en présence des cristallisations rhomboédriques, des résines rétinasphaltes, des ghélénites, des fangasites, des molybdates de plomb, des tungstates de manganèse et des titianates de zircone, il est permis à la langue la plus adroite de fourcher. »

« J'avoue que je mordis avec appétit aux sciences géologiques ; j'avais du sang de minéralogiste dans les veines, et je ne m'ennuyais jamais en compagnie de mes précieux cailloux. »

Chapitre VI

« Des arguments scientifiques pouvaient seuls arrêter le professeur Lidenbrock ; or, il y en avait, et de bons, contre la possibilité d'un pareil voyage. Aller au centre de la Terre ! Quelle folie ! »

Chapitre VII

« Venais-je d'entendre les spéculations insensées d'un fou ou les déductions scientifiques d'un grand génie ? En tout cela, où s'arrêtait la vérité, où commençait l'erreur ? »

Chapitre XIII

« Le soir, après avoir coupé à gué deux rivières riches en truites et en brochets, l'Alfa et l'Heta, nous fûmes obligés de passer la nuit dans une masure abandonnée, digne d'être hantée par tous les lutins de la mythologie scandinave. »

Chapitre XIV

« Quand la science a prononcé, il n'y a plus qu'à se taire. »

Chapitre XVIII

« Maintenant, Axel, s'écria le professeur d'une voix enthousiaste, nous allons nous enfoncer véritablement dans les entrailles du globe. Voici donc le moment précis où notre voyage commence. »

Chapitre XXII

« Jamais minéralogistes ne s'étaient rencontrés dans des circonstances aussi merveilleuses pour étudier la nature sur place. Ce que la sonde, machine inintelligente et brutale, ne pouvait rapporter à la surface du globe de sa texture interne, nous allions l'étudier de nos yeux, le toucher de nos mains. »

Chapitre XXXI

« Le lendemain soir, grâce à l'habileté du guide, le radeau était terminé ; il avait dix pieds de long sur cinq de large ; les poutres de surtarbrandur, reliées entre elles par de fortes cordes, offraient une surface solide, et une fois lancée, cette embarcation improvisée flotta tranquillement sur les eaux de la mer Lidenbrock. »

« La science, mon garçon, est faite d'erreurs, mais d'erreurs qu'il est bon de commettre, car elles mènent peu à peu à la vérité. »

Chapitre XXXII

« Cependant mon imagination m'emporte dans les merveilleuses hypothèses de la paléontologie. Je rêve tout éveillé. »

Mes citations

Mes citations

Mémoires d'Hadrien

Marguerite Yourcenar

Marguerite Yourcenar est le pseudonyme que se donne Marguerite Cleenewerck de Crayencour – c'est aussi l'anagramme de Crayencour, à l'omission d'un « C » près. Elle naît en 1903 à Bruxelles. Son père, un homme fantasque et cultivé, l'élève seul, sa mère étant morte quelques jours après sa naissance : sans fréquenter l'école, elle acquiert une remarquable culture humaniste et obtient son baccalauréat latin-grec. En 1939, elle part aux États-Unis où elle enseigne ; elle deviendra citoyenne américaine en 1948 et s'engage pour les droits civiques, l'écologie, la liberté d'orientation sexuelle. Son roman, *Mémoires d'Hadrien* (1951), lui apporte une renommée internationale. D'ailleurs, en mars 1980, elle devient la première femme élue à l'Académie française. Son œuvre s'illustre dans le roman et la poésie, l'autobiographie également avec sa trilogie *Souvenirs pieux*, *Archives du Nord* et *Quoi ? L'éternité*. Elle meurt en 1987 à Mount Desert, USA.

« Soi-même comme un autre »

Les *Mémoires d'Hadrien* (1951) sont une œuvre étonnante, car elles prennent la forme d'une longue lettre que l'empereur romain Hadrien (76-138) adresse au futur empereur Marc-Aurèle, alors que, vieillissant, il prépare sa mort. La lettre mêle constamment des réflexions sur sa vie, ses amours et aussi sur son rôle dans l'histoire. Le texto prend ainsi des allures de mémoires plus que d'autobiographie. Il se remémore ses espoirs, ses douleurs et ses doutes, dans un texte protéiforme mêlant à l'histoire et au romanesque la poésie et la philosophie. Et nous, lecteurs, sommes plongés dans sa conscience et dans ses pensées, et nous retrouvons les nôtres.
Le projet de Marguerite Yourcenar a été pensé avant la Seconde Guerre mondiale et composé au moment de la reconstruction du monde, entrepris autour des angoisses, des dangers et des espoirs. Ainsi, ces mémoires fictivement si éloignées dans le temps d'un empereur pacificateur ont des résonances sur notre monde et notre condition aujourd'hui encore.

Analyse d'une citation

« Le véritable lieu de naissance est celui où l'on a porté pour la première fois un regard intelligent sur soi-même : mes premières patries ont été des livres. »

(*Varius multiplex multiformis*)

Cette phrase, inscrite au cœur de la réflexion d'Hadrien sur les origines, renvoie très directement au parcours « Soi-même comme un autre » dans le sens où il est question de la construction du sujet. Yourcenar pose le problème de la « véritable naissance » qui, selon elle, est associée au développement de la réflexion intellectuelle, issue de la lecture, ou plutôt des lectures, donc de la confrontation avec d'autres que soi. Ainsi, il est possible de commencer à accéder à la lucidité.

Florilège de citations

« Si totale était l'éclipse, que j'aurais pu chaque fois me retrouver autre, et je m'étonnais, ou parfois m'attristais, du strict agencement qui me ramenait de si loin dans cet étroit canton d'humanité qu'est moi-même. »

(À propos du sommeil, de « siestes foudroyantes »)

« Peu à peu, cette lettre commencée pour t'informer des progrès de mon mal est devenue le délassement d'un homme qui n'a plus l'énergie nécessaire pour s'appliquer longuement aux affaires d'État, la méditation écrite d'un malade qui donne audience à ses souvenirs. Je me propose maintenant davantage : j'ai formé le projet de te raconter ma vie. »

« Comme tout le monde, je n'ai à mon service que trois moyens d'évaluer l'existence humaine : l'étude de soi, la plus difficile et la plus dangereuse, mais aussi la plus féconde des méthodes ; l'observation des hommes, qui s'arrangent le plus souvent pour nous cacher leurs secrets ou pour nous faire croire qu'ils en ont ; les livres, avec les erreurs particulières de perspective qui naissent entre leurs lignes. »

(***Animula vagula blandula***)

« Je ne méprise pas les hommes. Si je le faisais, je n'aurais aucun droit, ni aucune raison, d'essayer de les gouverner. Je les sais vains, ignorants, avides, inquiets, capables de presque tout pour réussir, pour se faire valoir, même à leurs propres yeux, ou tout simplement pour éviter de souffrir. Je le sais : je suis comme eux, du moins par moments, ou j'aurais pu l'être. Entre autrui et moi, les différences que j'aperçois sont trop négligeables pour compter dans l'addition finale. »

« Lentement je m'habituais au dénuement pour lui-même, et à ce contraste, que j'ai aimé plus tard, entre une collection de gemmes précieuses et les mains nues du collectionneur. »

(*Varius multiplex multiformis*)

« Pour améliorer la condition humaine : "Mon procédé se basait sur une série d'observations faites de longue date sur moi-même : toute explication lucide m'a toujours convaincu, toute politesse m'a conquis, tout bonheur m'a presque toujours rendu sage." »

« Je me sentais responsable de la beauté du monde. »

(*Tellus stabilita*)

« La mort perçait partout sous son aspect de décrépitude ou de pourriture : la tache blette d'un fruit, une déchirure imperceptible au bas d'une tenture, une charogne sur la berge, les pustules d'un visage, la marque des verges sur le dos d'un marinier. Mes mains semblaient toujours un peu sales. »

(*Saeculum aureum*)

« Il y a plus d'une sagesse, et toutes sont nécessaires au monde ; il n'est pas mauvais qu'elles alternent. »

(*Disciplina augusta*)

« Mais précisément parce que j'attends peu de choses de la condition humaine, les périodes de bonheur, les progrès partiels, les efforts de recommencement et de continuité me semblent autant de prodiges qui compensent presque l'immense masse des maux, des échecs, de l'incurie et de l'erreur. »

(*Patientia*)

Mes citations

Mes citations

Mes citations

Enfance

Nathalie Sarraute

Nathalie Sarraute, écrivaine française d'origine russe, est née à Ivanovo en 1900, dans une famille juive aisée et cultivée. Son enfance est agitée à cause du divorce de ses parents : la jeune Nathalie est ballottée entre Paris et la Russie, ce qu'elle racontera dans son autobiographie, *Enfance* (1983). Elle devient avocate au barreau de Paris, dont elle sera radiée en 1940 à la suite des lois anti-juives. Ayant découvert la littérature avec Proust et Virginia Woolf, au tournant du XXe siècle, elle écrit à leur suite, détachée des conventions traditionnelles du roman. Pionnière du Nouveau Roman, que son essai *L'Ère du Soupçon* (1956) contribue à définir, elle est aussi l'auteur de *Tropismes* (1939) et des *Fruits d'or* (1963). Elle meurt à Paris le 19 octobre 1999, presque centenaire.

« Récit et connaissance de soi »

Cette autobiographie de Nathalie Sarraute publiée en 1983, alors qu'elle a 83 ans, se présente sous la forme originale d'un dialogue avec elle-même : les deux voix correspondent au dédoublement de l'autrice et montrent la conversation tranquille de la petite fille, qui évoque ses dix premières années, et de l'adulte, qui la guide et la questionne sur la sincérité et la véracité de ses souvenirs, ainsi que sur la façon de les raconter. Ces souvenirs analysent une enfance déchirée entre des parents séparés, et notamment la figure d'une mère qui abandonne et celle d'un père qui protège, et la manière dont la petite narratrice se construit.

Analyse d'une citation

« – Alors tu vas vraiment faire ça ? "Évoquer tes souvenirs d'enfance"... Comme ces mots te gênent, tu ne les aimes pas. Mais reconnais que ce sont les seuls mots qui conviennent. Tu veux "évoquer tes souvenirs"... Il n'y a pas à tortiller, c'est bien ça.
– Oui, je n'y peux rien, ça me tente, je ne sais pas pourquoi... »

C'est le tout début du livre, qui convie immédiatement le lecteur dans la conversation qui s'entame. Le dialogue met en place le projet autobiographique ainsi que le dédoublement de l'autrice typique de la narration : on distingue bien la conscience critique, qui essaie de donner les mots justes, et l'écrivaine (le « je ») qui tente de s'expliquer. Ce qui est intéressant dans cette citation, c'est qu'elle instaure d'emblée l'écriture de Sarraute, entre les lignes, une écriture de l'indicible, de la sensation. Les blancs qui séparent chaque intervention en sont caractéristiques, comme la ponctuation suspensive ou l'alternance entre l'injonction et le doute.

Florilège de citations

« C'était ressenti, comme toujours, hors des mots, globalement… Mais ces mots et ces images sont ce qui permet de saisir tant bien que mal, de retenir ces sensations. »

« Mais il n'y a pas que ma mère qui soit absente de cette maison. De tous ceux qui devaient s'y trouver quand j'y revenais de temps à autre pour quelques semaines, je ne vois que mon père… »

« L'impression un peu inquiétante de quelque chose de répugnant sournoisement introduit, caché sous l'apparence de ce qui est exquis, ne s'est pas effacée, et parfois même aujourd'hui elle me revient quand je mets dans ma bouche une cuiller de confiture de fraises. »

« Est-ce que tu m'aimes, dis-le-moi. – Mais tu le sais… – Mais je voudrais que tu me le dises. Dis-le, papa, tu m'aimes ou non ?... sur un ton, cette fois, comminatoire et solennel qui lui fait pressentir ce qui va suivre et l'incite à laisser sortir, c'est juste pour jouer, c'est juste pour rire… ces mots ridicules, indécents : "Mais oui, mon petit bêta, *je t'aime.*" »

« – Non, cela, je ne l'ai pas pensé…
Pas pensé, évidemment pas, je te l'accorde… c'est apparu, indistinct, irréel… un promontoire inconnu qui surgit un instant du brouillard… et de nouveau un épais brouillard le recouvre… »

« Il referme le cahier, il me le rend et il dit : "Avant de se mettre à écrire un *roman*, il faut apprendre l'orthographe…" »

« Il me semble que je n'ai fait que pleurer jusqu'à notre arrivée à la gare du Nord dont la grisaille jaunâtre, l'immense voûte vitrée, ont pour la première fois un air sinistre. »

« Quels applaudissements, quelles ovations peuvent donner plus de joie que ne m'en donne la certitude d'avoir atteint la perfection… ce que confirme, comme il se doit, comme il est juste, la maîtresse quand elle prononce ces mots où il n'y a pas de place pour la moindre réserve : "C'est très bien. Je te mets dix." »

« L'idée ne me vient jamais de devenir un écrivain. Parfois il m'arrive de me demander si je ne pourrais pas être une actrice… mais pour ça il faut être belle comme Véra Koren ou comme Robine. Non, ce que j'aimerais, c'est d'être institutrice. »

« Je ne pourrais plus m'efforcer de faire surgir quelques moments, quelques mouvements qui me semblent encore intacts, assez forts pour se dégager de cette couche protectrice qui les conserve, de ces épaisseurs blanchâtres, molles, ouatées, qui se défont, qui disparaissent avec l'enfance… »

Mes citations

Mes citations

Mes citations

Théâtre

Du XVIIe siècle au XXIe siècle

SOMMAIRE

Présentation

Cet objet d'étude consacré au théâtre est travaillé, comme les trois autres, à partir d'une œuvre intégrale à laquelle est attaché un parcours spécifique, indiqué dans le programme. L'objectif est de parvenir à une maîtrise de l'œuvre proposée, en étant particulièrement attentif aux contraintes de l'écriture théâtrale, aux attentes du public et au contexte historique. On sera sensible également à la construction de l'action et aux relations entre les personnages.

Cet objet d'étude permet au lycéen d'approfondir sa connaissance de l'écriture théâtrale dans sa spécificité, et de développer sa culture dramaturgique à l'aide de la programmation théâtrale ou de captations.

La perspective en termes de compétence est de développer l'expressivité de la lecture, la sensibilisation au travail de plateau, l'écrit d'appropriation et l'explication de texte, orale et écrite.

Le Malade imaginaire

Molière

Jean-Baptiste Poquelin, dit Molière, est né à Paris en janvier 1622, dans une famille bourgeoise. En 1643, refusant de succéder à son père comme tapissier, il développe un goût et un talent pour le théâtre et crée sa compagnie, l'« Illustre Théâtre » : il est à la fois directeur, dramaturge et comédien. Pendant une dizaine d'années, il va tourner dans toute la France, écrivant de courtes comédies proches de la *commedia dell'arte*. La troupe s'installe ensuite à Paris, où, soutenu par Louis XIV, jalousé, souvent attaqué, Molière créera des pièces « pour faire rire les honnêtes gens », qui sont aussi des critiques virulentes de la société de son temps, l'Église, la médecine, par exemple. Il est un célèbre représentant du classicisme français et meurt à Paris, en 1673, à l'issue d'une représentation du *Malade imaginaire*.

« Spectacle et comédie »

Le Malade imaginaire est la dernière pièce de Molière ; elle est jouée au Théâtre du Palais-Royal le 10 février 1673. Molière, qui joue Argan, le rôle-titre, meurt le soir de la quatrième représentation. C'est une comédie-ballet, genre qui lie à l'intrigue théâtrale les chants et danses que Louis XIV appréciait tout particulièrement. Cette comédie met en scène un personnage hypocondriaque ridiculisé par les excès où le mène ce défaut. Comme toujours chez Molière, ce personnage est la cause d'une crise familiale : Argan, malade imaginaire, veut marier à tout prix sa fille Angélique à un médecin, et il ferait son malheur sans les inventions burlesques de l'entourage – en particulier celles de la servante Toinette, impertinente et futée – qui cherche à sauver la jeune fille. Molière critique violemment la médecine de son temps à travers ses personnages de médecins, caricatures pédantes et ignorantes, mais il égratigne aussi une société corrompue et autoritaire. La pièce utilise tous les ressorts du comique : caractères, situations, jeux de mots et jeux de scène.

Analyse d'une citation

« ARGAN. – C'est un bon impertinent que votre Molière avec ses comédies, et je le trouve bien plaisant d'aller jouer d'honnêtes gens comme les médecins.
BÉRALDE. – Ce ne sont point les médecins qu'il joue, mais le ridicule de la médecine. »

(III, 3)

Cet échange entre les deux frères permet à Molière de s'autociter, ce qui amuse le public, et simultanément d'expliciter son projet : dénoncer la pratique médicale fondée sur une apparence scientifique. Le personnage du « malade » est aveuglé par son défaut et c'est, traditionnellement, un membre de la famille ayant autorité (ici le frère du protagoniste) qui est là pour le raisonner.

Florilège de citations

Acte I

« TOINETTE. – Ce Monsieur Fleurant-là et ce Monsieur Purgon s'égayent bien sur votre corps ; ils ont en vous une bonne vache à lait ; et je voudrais bien leur demander quel mal vous avez, pour vous faire tant de remèdes. »

(Scène 2)

« ARGAN. – C'est pour moi que je lui donne ce médecin ; et une fille de bon naturel doit être ravie d'épouser ce qui est utile à la santé de son père. »

(Scène 5)

« LE NOTAIRE. – Ce n'est point à des avocats qu'il faut aller, car ils sont d'ordinaire sévères là-dessus, et s'imaginent que c'est un grand crime quo de disposer en fraude de la loi. »

(Scène 7)

« POLICHINELLE. *On n'est pas sage quand on veut, et les vieilles cervelles se démontent comme les jeunes.* »

(Premier intermède)

Acte II

« ARGAN. – Monsieur Purgon m'a dit de me promener le matin dans ma chambre, douze allées, et douze venues ; mais j'ai oublié de lui demander si c'est en long ou en large. »

(Scène 2)

« MONSIEUR DIAFOIRUS. – Mais sur toute chose, ce qui me plaît en lui, et en quoi il suit mon exemple, est qu'il s'attache aveuglément aux opinions de nos Anciens, et que jamais il n'a voulu comprendre ni écouter les raisons et les expériences des prétendues découvertes de notre siècle, touchant la circulation du sang, et autres opinions de même farine. »

(Scène 5)

« TOINETTE. — Ce sera chose admirable, s'il fait d'aussi belles cures qu'il fait de beaux discours. »

(Scène 5)

« ANGÉLIQUE. — Il y en a d'autres, Madame, qui font du mariage un commerce de pur intérêt, qui ne se marient que pour gagner des douaires, que pour s'enrichir par la mort de ceux qu'elles épousent, et courent sans scrupule de mari en mari, pour s'approprier leurs dépouilles. »

(Scène 6)

« ANGÉLIQUE. — Les anciens, monsieur, sont les anciens, et nous sommes les gens de maintenant. »

(Scène 6)

Acte III

« BÉRALDE. — Presque tous les hommes meurent de leurs remèdes, et non pas de leurs maladies. »

(Scène 3)

« BÉRALDE. — Il en est comme de ces beaux songes, qui ne vous laissent au réveil que le déplaisir de les avoir crus. »

(Scène 3)

« ARGAN. — Je crois que tout au plus vous pouvez avoir vingt-six ou vingt-sept ans.
TOINETTE. — Ah, ah, ah, ah, ah ! j'en ai quatre-vingt-dix.
ARGAN. — Quatre-vingt-dix ?
TOINETTE. — Oui. Vous voyez un effet des secrets de mon art, de me conserver ainsi frais et vigoureux. »

(Scène 10)

« ARGAN. — Me couper un bras, et me crever un œil, afin que l'autre se porte mieux ? J'aime bien mieux qu'il ne se porte pas si bien. La belle opération, de me rendre borgne et manchot. »

(Scène 10)

« BÉLINE. — Quelle perte est-ce que la sienne ? et de quoi servait-il sur la terre ? Un homme incommode à tout le monde, malpropre, dégoûtant, sans cesse un lavement ou une médecine dans le ventre, mouchant, toussant, crachant toujours, sans esprit, ennuyeux, de mauvaise humeur, fatiguant sans cesse les gens et grondant jour et nuit servantes et valets. »

(Scène 12)

Mes citations

Mes citations

L'Île des esclaves

Marivaux

Pierre Carlet de Marivaux naît en 1688 dans une famille de la petite noblesse. Peu de choses sont connues de sa jeunesse, passée en Auvergne ; il étudie le droit, en dilettante, préférant fréquenter les salons. Il se met très tôt à écrire du théâtre et, en 1720, rencontre les comédiens italiens installés à Paris. Il apprécie leur jeu libre, fondé sur l'improvisation, et écrit désormais pour eux, avec un langage raffiné et sophistiqué qui donnera naissance au « marivaudage ». Marivaux se tient à l'écart des Lumières, mais dénonce aussi les inégalités, par exemple dans *L'Île des esclaves* (1725). Surtout connu pour son théâtre – ses œuvres sont parmi les plus jouées aujourd'hui –, il est aussi l'auteur de deux romans. Il meurt en 1763 à Paris.

« Maîtres et valets »

L'Île des esclaves, comédie en un acte et en prose de Marivaux, est jouée pour la première fois en mars 1725. Son sujet est audacieux : le noble Iphicrate (étymologiquement « qui règne par la violence ») et son valet Arlequin échouent sur une île déserte après un naufrage : l'île des esclaves, sur laquelle les rôles de maîtres et de valets sont inversés. Ce cadre utopique, associé à une transposition d'époque (la scène est censée se passer dans une Grèce antique de convention), éloigne-t-il le propos ? Non, car Marivaux a l'audace de faire des valets des « esclaves », de centrer le dialogue sur le problème des conditions, et de faire de sa pièce une critique sociale acerbe qui renvoie maîtres et valets à leur réalité du XVIIIe siècle.

Analyse d'une citation

« Dans le pays d'Athènes j'étais ton esclave, tu me traitais comme un pauvre animal, et tu disais que cela était juste, parce que tu étais le plus fort. »

(Scène 1)

C'est Arlequin, dont la didascalie indique qu'il a *un air sérieux*, qui parle. Marivaux, dans sa scène d'exposition, situe donc l'espace utopique, mais présente aussi explicitement la critique sociale avec un lexique imagé et sans détour : l'assimilation du valet à l'esclave, l'animalisation par la comparaison et la loi du plus fort, c'est-à-dire ici la loi des privilèges et des richesses.

Florilège de citations

Scène I

« Quand tu auras souffert, tu seras plus raisonnable ; tu sauras mieux ce qu'il est permis de faire souffrir aux autres. Tout en irait mieux dans le monde, si ceux qui te ressemblent recevaient la même leçon que toi. »

(Arlequin)

Scène II

« TRIVELIN. – Comment vous appelez-vous ?
ARLEQUIN. – Est-ce mon nom que vous demandez ?
TRIVELIN. – OUI vraiment.
ARLEQUIN. — Je n'en ai point, mon camarade.
TRIVELIN. – Quoi donc, vous n'en avez pas ?
ARLEQUIN. – Non, mon camarade ; je n'ai que des sobriquets qu'il m'a donnés ; il m'appelle quelquefois Arlequin, quelquefois Hé. »

(Trivelin et Arlequin)

« Vous me donnez la liberté de lui dire ce qu'il me plaira ; ce n'est pas assez : qu'on m'accorde encore un bâton. »

(Iphicrate)

Scène VIII

« Ce n'est point une tête légère, un petit badin, un petit perfide, un joli volage, un aimable indiscret ; ce n'est point tout cela ; ces grâces-là lui manquent à la vérité ; ce n'est qu'un homme franc, qu'un homme simple dans ses manières, qui n'a pas l'esprit de se donner des airs ; qui vous dira qu'il vous aime, seulement parce que cela sera vrai. »

(Cléanthis)

« Ne persécute point une infortunée, parce que tu peux la persécuter impunément. »

(Euphrosine)

Scène IX

« IPHICRATE. – Tu m'aimes et tu me fais mille injures ?
ARLEQUIN. – Parce que je me moque un petit brin de toi, cela empêche-t-il que je t'aime ? Tu disais bien que tu m'aimais, toi, quand tu me faisais battre. »

(Iphicrate et Arlequin)

« Tu veux que je partage ton affliction, et jamais tu n'as partagé la mienne. »

(Arlequin)

« IPHICRATE. – Je me ressouviendrai toujours que je ne méritais pas d'être ton maître.
ARLEQUIN. – Ne dites donc point comme cela, mon cher patron : si j'avais été votre pareil, je n'aurais peut-être pas valu mieux que vous. »

(Iphicrate et Arlequin)

Scène X

« Voilà de nos gens qui nous méprisent dans le monde, qui font les fiers, qui nous maltraitent, qui nous regardent comme des vers de terre, et puis, qui sont trop heureux, dans l'occasion de nous trouver cent fois plus honnêtes gens qu'eux. »

(Cléanthis)

« Il faut avoir le cœur bon, de la vertu et de la raison ; voilà ce qu'il faut, voilà ce qui est estimable, ce qui distingue, ce qui fait qu'un homme est plus qu'un autre. »

(Cléanthis)

Scène XI

« Je n'ai rien à ajouter aux leçons que vous donne cette aventure. Vous avez été leurs maîtres, et vous en avez mal agi ; ils sont devenus les vôtres, et ils vous pardonnent ; faites vos réflexions là-dessus. »

(Trivelin)

« La différence des conditions n'est qu'une épreuve que les dieux font sur nous. »

(Trivelin)

Mes citations

Mes citations

Les Fausses Confidences

Marivaux

Pierre Carlet de Marivaux naît en 1688 dans une famille de la petite noblesse. Peu de choses sont connues de sa jeunesse, passée en Auvergne ; il étudie le droit, en dilettante, préférant fréquenter les salons. Il se met très tôt à écrire du théâtre et, en 1720, rencontre les comédiens italiens installés à Paris. Il apprécie leur jeu libre, fondé sur l'improvisation, et écrit désormais pour eux, avec un langage raffiné et sophistiqué qui donnera naissance au « marivaudage ». Marivaux est pourtant un dramaturge profond, attaché à explorer finement le sentiment amoureux, par exemple dans *Les Fausses Confidences* (1737). Surtout connu pour son théâtre – ses œuvres sont parmi les plus jouées aujourd'hui –, il est aussi l'auteur de deux romans. Il meurt en 1763 à Paris.

« Théâtre et stratagème »

En 1737, la pièce de Marivaux *Les Fausses Confidences* est représentée au Théâtre-Italien. C'est sa dernière grande pièce, sept ans après le triomphe du *Jeu de l'Amour et du Hasard*, et c'est une comédie d'intrigue qui s'appuie sur l'actualité du temps : la montée de la bourgeoisie qui vient cliver la société jusque-là bien huilée. Le public est confronté aux machinations d'un valet démoniaque, tout-puissant, qui orchestre à la façon d'un auteur-metteur en scène une histoire d'un réalisme inquiétant. Dubois manipule tous les personnages, à commencer par Araminte, jeune veuve fortunée, et Dorante, jeune bourgeois ruiné, dont l'amour inconscient va s'épanouir sous les yeux du spectateur averti, au prix de l'acceptation d'un désir qui déborde toute forme d'intérêt.

Analyse d'une citation

« ARAMINTE. Achevez, vous dis-je… "Qu'elle rend à votre mérite la détermine…" Je crois que la main vous tremble ! Vous paraissez changé. Qu'est-ce que cela signifie ? Vous trouvez-vous mal ?
DORANTE. Je ne me trouve pas bien, Madame. »

(II, 13)

Cet extrait se situe au moment de l'acte II où Araminte, suivant le plan de Dubois, met Dorante à l'épreuve en lui faisant croire qu'elle va épouser le Comte et en lui dictant une lettre : Dorante, troublé, a du mal à écrire et à parler. L'abandon de la syntaxe, l'impossibilité de construire des phrases traduisent les émotions violentes qui empêchent toute communication verbale : le langage est un masque chez Marivaux, et la double énonciation, qui fait que le public comprend là où le personnage se perd, prend ici tout son sens. Lire entre les lignes, au-delà des mots, percevoir l'implicite : voilà tout l'art de Marivaux.

Florilège de citations

Acte I

« DORANTE. Tu crois qu'elle fera attention à moi, que je l'épouserai, moi qui ne suis rien, moi qui n'ai point de bien ?
DUBOIS. Point de bien ! Votre bonne mine est un Pérou. »

(Scène 2)

« DUBOIS. Fierté, raison et richesse, il faudra que tout se rende. Quand l'amour parle, il est le maître, et il parlera. »

(Scène 2)

« ARAMINTE. Il est vrai que je suis toujours fâchée de voir d'honnêtes gens sans fortune, tandis qu'une infinité de gens de rien, et sans mérite, en ont une éclatante. »

(Scène 7)

« MADAME ARGANTE. C'est un homme d'un beau nom ; ma fille et lui allaient avoir un procès ensemble, au sujet d'une terre considérable ; il ne s'agissait pas moins que de savoir à qui elle resterait, et on a songé à les marier, pour empêcher qu'ils ne plaident. »

(Scène 10)

« ARAMINTE. Je suis si lasse d'avoir des gens qui me trompent, que je me réjouissais de l'avoir, parce qu'il a de la probité. »

(Scène 14)

Acte II

« ARAMINTE. Si on me demande ce que tu m'as appris de lui, je dirais ce dont nous sommes convenus. Le voici, j'ai envie de lui tendre un piège.
DUBOIS. Oui, Madame. Il se déclarera, peut-être. »

(Scène 12)

Acte III

« DUBOIS. Oh ! oui : point de quartier, il faut l'achever, pendant qu'elle est étourdie. Elle ne sait plus ce qu'elle fait. »

(Scène 1)

« DUBOIS. Moi, un dissimulé ! Moi, garder un secret ! Vous avez bien trouvé votre homme ! En fait de discrétion, je mériterais d'être femme. »

(Scène 2)

« MADAME ARGANTE. Dubois est un coquin qui nous trompe. »

(Scène 4)

« MONSIEUR RÉMY. Comment donc ! m'imposer silence ! à moi, Procureur ! Savez vous bien qu'il y a cinquante ans que je parle, Madame Argante ?
MADAME ARGANTE. Il y a donc cinquante ans que vous ne savez ce que vous dites. »

(Scène 5)

« DORANTE. Dans tout ce qui s'est passé chez vous, il n'y a rien de vrai que ma passion, qui est infinie, et que le portrait que j'ai fait. Tous les incidents qui sont arrivés partent de l'industrie d'un domestique qui savait mon amour, qui m'en plaint, qui par le charme de l'espérance du plaisir de vous voir, m'a pour ainsi dire forcé de consentir à son stratagème. »

(Scène 12)

« ARAMINTE. Après tout, puisque vous m'aimez véritablement, ce que vous avez fait pour gagner mon cœur n'est point blâmable : il est permis à un amant de chercher les moyens de plaire, et on doit lui pardonner, lorsqu'il a réussi. »

(Scène 12)

« DUBOIS. Ouf ! ma gloire m'accable : je mériterais bien d'appeler cette femme-là ma bru. »

(Scène 13)

Mes citations

Mes citations

Juste la fin du monde

Jean-Luc Lagarce

Jean-Luc Lagarce est un dramaturge, comédien, metteur en scène français né en 1957, dans une famille ouvrière, en Franche-Comté. Il s'initie au théâtre au collège, avec son professeur de français, et il écrit déjà, pour sa classe. Plus tard, il fait des études de philosophie et parallèlement fonde une compagnie théâtrale, le Théâtre de la Roulotte, en 1978. Il s'installe à Paris en 1980 et monte des pièces classiques (Marivaux par exemple) ainsi que ses propres textes, qui n'ont guère de succès, les dialogues en sont d'une profondeur rare et composés dans une grande sobriété. Il fonde la maison d'édition Les Solitaires intempestifs, et écrit *Juste la fin du monde* alors qu'il est en résidence à Berlin grâce à une bourse d'écriture. Il meurt en 1995 du sida, il a 38 ans. Il est aujourd'hui l'un des auteurs contemporains les plus joués en France.

« Crise personnelle, crise familiale »

Juste la fin du monde est une pièce de Jean-Luc Lagarce, écrite à Berlin en 1990 et créée en octobre 1999 à Lausanne. La pièce raconte le retour d'un jeune homme, Louis, dans sa famille, qu'il n'a pas vue depuis des années, afin d'informer celle-ci de sa mort prochaine : dans le cercle familial recomposé, les conflits (jalousie, reproches), mais aussi l'amour ressurgissent. Le texte parle des difficultés de communication, de la solitude et aussi de l'approche de la mort et des questions existentielles que cela suscite chez l'être humain. Louis cherche, à travers les souvenirs, à reconstituer sa vie et à en comprendre le sens. Il repartira sans avoir rien dit.

Le titre fait référence à l'expression « C'est pas la fin du monde ». Ce n'est rien d'aussi grave que la fin du monde, mais un homme (juste un homme) va mourir : ce n'est pas la fin du monde, mais la fin de son monde à lui.

Analyse d'une citation

« Je suis contente, je ne l'ai pas dit, je suis contente que nous soyons tous là, tous réunis.
Où est-ce que tu vas ?
Louis ! »

(LA MÈRE, première partie, scène 9).

Cette réplique de la mère situe en quelques mots le climat et les enjeux de la pièce : elle exprime explicitement la difficulté à communiquer, à dire les sentiments, la réunion familiale qui insiste sur le « tous », c'est-à-dire sur le caractère extraordinaire de la présence de Louis, personnage mis en valeur par l'apostrophe finale. On remarque aussi la question posée au personnage, qui renvoie au contexte, mais aussi à la condition humaine en général.

Florilège de ciations

Prologue

« LOUIS. J'ai près de trente-quatre ans maintenant et c'est à cet âge que je mourrai. »

Partie I

« SUZANNE. Tu es venu en taxi depuis la gare, je l'avais dit,
ce n'est pas bien, j'aurais pu aller te chercher,
j'ai une automobile personnelle. »

(Scène 1)

« LOUIS. Il y a aussi un petit garçon, il s'appelle comme moi, Louis ? »

(Scène 2)

« LOUIS. Et qu'on ne m'aime plus
(ce que je veux dire)
"au bout du compte",
comme par découragement, comme par lassitude de moi,
qu'on m'abandonna toujours car je demande l'abandon. »

(Scène 5)

« LA MÈRE. Moi non plus je ne me fais pas d'illusion, moi aussi je me doute que tu ne vas pas traîner très longtemps auprès de nous, dans ce coin-ci »

(Scène 8)

« LOUIS. On les devine par avance,
on s'amuse, je m'amusais,
on les organise et on fait et refait l'ordre de leurs vies. »

(Scène 10)

« LOUIS. Parfois, c'est comme un sursaut,
parfois, je m'agrippe encore, je deviens haineux,
haineux et enragé. »

(Scène 10)

« LOUIS. La Mort prochaine et moi,
nous faisons nos adieux,
nous nous promenons,
nous marchons la nuit dans les rues désertes légèrement embrumées et nous nous plaisons beaucoup. »

(Scène 10)

Intermède

« SUZANNE. Ce n'était pas si loin, il aurait pu venir nous voir plus souvent,
et rien de bien tragique non plus. »

(Scène 4)

Partie II

« ANTOINE. Et lorsque tu es parti, lorsque tu nous as quittés,
lorsque tu nous abandonnas,
je ne sais plus quel mot définitif tu nous jetas à la tête,
je dus encore être le responsable. »

(Scène 3)

Épilogue

« LOUIS. Ce sont des oublis comme celui-là que je regretterai. »

« ANTOINE. Et les petites fois, elles furent nombreuses,
ces petites fois où j'aurais pu me coucher par terre et ne plus jamais bouger,
où j'aurais voulu rester dans le noir sans plus jamais répondre,
ces petites fois, je les ai accumulées et j'en ai des centaines dans la tête,
et toujours ce n'était rien, au bout du compte,
qu'est-ce que c'était ? »

Mes citations

Mes citations

Mes citations

Mes citations

Mes citations

Mes citations

Dépôt légal : janvier 2021
ISBN : 978-238015-195-4

Imprimé en France par EPAC Technologies
N° d'impression : 4550414335120
Dépôt légal : janvier 2021